我 my 理想中 ideal 的 異 different 世界 world 生活 life

幸福滿點的獸耳後宮！

上原りょう
サークル 23.4ド
イチリ
原作・illustration

目錄

第一章　我理想的異世界生活～兩名獸耳妻

「哎～今天也是好天氣呢。」

諾倫盡情地伸出雙臂。

透過樹蔭灑落的暢快陽光晒起來很舒服。

（這裡真的就是異世界吶。）

諾倫眺望自己延伸的影子。

頭頂上長著兩個三角形耳朵，屁股有尾巴伸出。

只要有意思想要動，就能跟手臂一樣自由自在地動耳朵跟尾巴。

不過明明是從自己身上長出來的東西，卻還是有點不習慣。

這個世界的居民都是某種動物的模樣，所以就算諾倫是貓也完全沒有問題。

沒錯，諾倫並不是這個世界的居民。

正確地說，應該是諾倫的內在才對吧。

外表雖是十多歲的少年，內在卻是四十歲的單身大叔。

他去參加偶像寫真攝影會，替自己喜歡的女孩兒拍了照片，接著回家用那些照片打手槍。

當天他也一如往常卯足全力地努力自慰，卻在第十二次射精時失去意識。

回過神時，自己已經變成一名叫做諾倫的少年了。

（總覺得過著非常健康的生活呢。）

在之前那個世界完全無法想像會這樣，連自己都感到吃驚。

不只如此，剛才甚至還去市場買東西而且正踏上歸途。

在太陽高掛天空時出門，晚上就寢時也不熬夜。

「我回來了。」

諾倫回到家裡。

然後在廚房備料準備晚餐的女孩子立刻回過頭，露出笑臉奔向這邊。

「歡迎回來，哥哥。多謝採買，我來替哥哥拿東西吧。」

露出耀眼笑容的女孩名字叫做琦瑟。

她是狐狸女孩。

她有著一頭金色的中長髮，用緞帶蝴蝶結將頭髮紮在右側是其亮點，還有一對略帶紅色、泛著水光的圓滾滾大眼睛。

是因為眉尾有些下垂嗎，她身上散發著內向的氛圍。

狐狸般的蓬鬆尾巴很討喜。

它現在也輕輕地搖擺著。

琦瑟最初是做為女傭來到諾倫他們身邊的，但如今已經是家庭中不可或缺的一分子了。

望向琦瑟那可愛的心型項圈（雖然說是項圈，項圈本身就尺寸而論卻很寬鬆，所以戴起來並不難受），諾倫不由得放鬆嘴角。

在這個世界裡，項圈是雄性送給雌性的結婚證明。

沒錯，她就是諾倫的第二夫人。

而且琦瑟有個大祕密。

那就是，她會使用魔法。

諾倫也有從琦瑟那兒學到魔法，也習得了相關知識。

這個世界似乎存在著魔法，不過卻也不是可以大肆公開的事情，所以這件事是祕密。

順帶一提，讓琦瑟用哥哥稱呼自己只是諾倫的興趣使然。

「我拿就行了，這點小事不算什麼啦——啊，我忘記了。啾！」

在琦瑟臉頰上一吻後，琦瑟雖然很害羞地扭動身軀，卻還是在諾倫臉頰上回了

一個吻。

「啾♥」

之所以吻臉頰是因為以前親嘴脣時，琦瑟滿臉通紅暈倒的關係。

「哥、哥哥。」

「還沒習慣？」

「是、是的，因為我是第一次結婚⋯⋯」

「過陣子就會習慣的，不過這種清純的琦瑟我也很喜歡呢。」

廚房放著蔬菜跟肉，還有魚。

「今天晚餐吃什麼？」

「做好就知道了，好好期待吧。」

「琦瑟做什麼料理都很好吃，我很期待呢。」

「欸嘿嘿♥」

琦瑟開心地在臉頰染上櫻紅色彩，扭扭捏捏了起來。

（琦瑟果然跟小動物一樣可愛吶。）

諾倫不由得「好乖好乖」地輕撫琦瑟的頭。

保養得無微不至的秀髮觸感在掌心擴散。

「哥哥……♥」

琦瑟開心地露出靦腆笑容。

尾巴搖晃，耳朵也開心地動著。

「那、那麼，請哥哥稍候囉！」

「瞭解。」

諾倫離開廚房，打算在客廳看書等候時。

「我回來了！」

活力十足的聲音傳出，門扉同時開啟。

「歡迎回家，米西雅。」

「諾倫，我回來了。」

諾倫跟米西亞微微嘴唇互碰。

一頭鮮豔的粉紅色頭髮就是她的亮點。

她將及腰長髮綁成雙馬尾，藍色眼瞳圓滾滾地閃爍著活力光彩。

光是看到這個開朗女孩的笑容，好像連這邊也會變得有精神起來。

米西雅在附近的咖啡廳當女侍工作著。

在這個世界裡，女性似乎要賺錢養家。

米西雅的脖子上也有著跟琦瑟一樣的心型項圈。

她是第一夫人。

琦瑟跟米西雅從小就認識，因此個性合拍、感情又和睦，對諾倫而言可說是高興到不行。

「米西雅，現在琦瑟正在做飯呢。」

「琦瑟！我也來幫忙吧！」

「那我也……」

「諾倫是老公，坐著就行了。」

諾倫打算起身，肩膀卻被一壓又坐了回去。

米西雅穿上圍裙，跟琦瑟併肩而立。

兩人感情融洽地說話一邊動著手，諾倫露出溫馨微笑眺望她們的背影。

「諾倫，久等了。」

「喔喔！」

諾倫不由得發出聲音。

奶油燉菜滿滿地盛在盤子裡。

令人食指大動的香氣輕搔鼻腔，而且也放了大量充分燉煮過的蔬菜。

還有三個人都不曉得能不能吃完的大麵包。

以及滿滿黃綠色蔬菜的沙拉。

「琦瑟、米西雅，晚餐非常豪華呢！」

「因為希望哥哥會開心……有覺得高興嗎？」

琦瑟不好意思地扭捏起來。

可愛到想要立刻擁入懷中。

「非常開心喔！」

「諾倫，也吃吃麵包嘛。」

「是什麼時候做的？」

「我事先就做好了唷。」

「也很謝謝米西雅呢。」

「呵呵，那麼諾倫跟琦瑟，來吃囉。」

三人齊聲表示「開動了」後，立刻對奶油燉菜下了手。

蔬菜的味道很濃郁，而且入口即化，甜味滿滿地擴散在嘴裡。

「好好吃！」

諾倫在原本的世界裡總是吃對身體很不好的食物，能品嘗到這種美味料理（而且是老婆親手做的！）可說是任何事物都難以取代的幸福。

麵包也很鬆軟，甜味在嘴裡擴散開來。

「米西雅，工作那邊如何呢？」

「嗯，我果然喜歡跟人交流呢，所以很開心唷。常客也說看到我的臉就會變得很有精神喔。」

「有沒有怪怪的客人？」

「怪怪的？」

「有形形色色的客人吧？像是，在各種方面……讓妳不悅之類的。」

啊哈哈哈哈──米西雅笑著否定諾倫的話語。

「諾倫真是的，是在講什麼呀？客人幾乎都是常客喔？不可能做這種事……

啊！」

「果然有什麼事吧!?」

米西雅在口袋裡摸索，拿出一個點心。

「這、這是啥？」

「我在工作時，有從一個老爺爺常客手中拿到點心呢。他有說飯後再吃唷。」

諾倫撫胸鬆了一口氣。

「哎，沒事發生就好。」

「不可能有事發生的啦。諾倫真是的，好奇怪。」

「琦瑟要不要也試著跟米西雅一起去咖啡廳工作？像是去負責廚房之類的……」

諾倫如此搭話後，琦瑟有如鈴鼓般不斷搖頭。

「我、我是做不來的……畢、畢竟初次見面的人講話我會很緊張。」

嗯嗯嗯——米西雅點頭稱是。

「那、那是……對不起……！」

「米西雅柔和地介入其中。

「因為琦瑟以前就很怕生嘛，諾倫也還記得跟琦瑟初次見面時的事情吧？」

「當然，我還以為她會哭出來呢。」

「諾倫真是的，不要鬧琦瑟啦。」

「抱歉抱歉。」

「琦瑟很擅長做家事，所以沒必要外出工作唷。因為我們兩人都去工作的話，要

由誰來整理家務呀？」

「哎，也是。」

「而且琦瑟想要照顧諾倫的生活起居吧？」

「是的，哥哥！在哥哥身邊做料理，疊洗好的衣服，還有打掃家裡我覺得很開心！」

琦瑟堅決地說道。

「啊哈哈，被這樣說覺得好害羞吶。」

「諾倫，這並不是奇怪的事情唷，因為我們都最喜歡諾倫了。對吧，琦瑟？」

「就是說呀！」

被兩人這麼一說，諾倫真的感到害羞了。

吃完晚餐後，諾倫又是跟米西雅還有琦瑟一起看書，又是玩棋盤遊戲地享受悠閒時光。

時光飛逝，來到了就寢時間。

「琦瑟，上床睡覺吧。」

諾倫輕搖琦瑟的肩膀，但她只是微微發出「嗯嗯……」的聲音而沒有醒過來。

「琦瑟好像是睡著了。」

米西雅用溫馨表情探頭望向琦瑟的睡臉。

「那麼，我把她放回床上睡囉。」

諾倫在不吵醒琦瑟的情況下，小心翼翼地將她抱起搬回寢室，讓她躺回床鋪又將棉被仔細地蓋到肩膀後，諾倫離開房間。

（這麼一看，琦瑟感覺起來還是小孩子呢。）

就在諾倫放鬆嘴角時，柔軟觸感貼上背部。

「諾倫♥」

「哇啊！」

米西雅從背後抱了上來。

「噓——叫這麼大聲會吵醒琦瑟的喔？」

「妳、妳突然這樣我才忍不住……」

「呵呵，因為我想嚇諾倫一跳嘛。欸，過來。」

被米西雅拉著手回到客廳後，諾倫跟她一起坐到沙發上。

米西雅坐在諾倫左邊，用溼潤眼眸望向他。

「最近都沒什麼機會兩人獨處……♥」

米西雅輕輕閉上眼睛。

「米西雅。」

諾倫溫柔地堵上脣瓣。

是比回家時的吻更加激情的熱吻。

光是跟水嫩嫩的嘴脣互相接觸就好舒服。

「嗯……♥」

米西雅的肩膀倏地一震。

她用柔軟舌頭溫柔地撫摸諾倫的脣。

這次換成諾倫做出反應。

「米西雅的貓耳不斷顫動。

「是諾倫把我變成這樣的。」

「米西雅會黏膩地熱吻呢。」

諾倫把讓自己的舌頭爬上去，雙方舌頭互纏。

「嗯嗯……♥諾、諾倫……♥」

米西雅發出甜美叫聲，一邊積極地動舌頭。

兩人嘴脣漏出噗滋噗滋的淫靡聲響，諾倫的身軀核心變得火熱。

「米西雅的吻非常舒服。」

「我、我也是。跟諾倫接吻，好像人都要融化了……♥」

米西雅混雜著溼潤呼吸，積極地親吻著。

透明感十足的肌膚豔麗地冒出紅潮。

「嗯啾♥啾嘆♥舔舔♥嗯嗯♥啊啊♥呼嗯♥」

米西雅把脣瓣四周弄得到處都是唾液，一邊更加熱情地吻著。

甚至在諾倫移開嘴脣後還「啊啊♥」地發出寂寞叫聲。

「諾倫，為什麼？」

「我也想做做親吻以外的事情。」

從位子上站起後，諾倫雙膝跪在米西雅前方，然後撩起她的裙子。

粉紅色內褲裸露而出。

「啊啊♥諾倫……♥」

「內褲染上水漬了呢。」

「別、別這樣說啦……♥」

「米西雅妳看，把內褲脫掉囉。」

「嗯啊啊，我不是小孩子啦。」

「是呢，畢竟小孩子不會從那邊流汗，把內褲弄得溼答答吶。」

脫掉內褲後，蜜汁拉出細絲。

那兒是光溜溜的恥丘，以及神祕的蜜裂。

諾倫用力嗅了幾下，是酸酸甜甜的發情香氣。

是勾引雄性的費洛蒙。

「不可以聞氣味♥」

米西雅試圖把諾倫的頭推開，但那個力道卻很孱弱。

「沒事的，我會讓米西雅好好舒服一下的。」

諾倫吸吮滿是蜜汁的祕處。

「啊啊啊啊啊啊嗯嗯♥♥」

米西雅用力用背部抵住沙發，全身不斷抽搐衝上頂點。

「米西雅妳還好吧？」

「嗯嗯♥一點也不好啦♥都是諾倫突然這樣做害的♥」

米西雅秀眉微顰，開心地輕搖尾巴。

「很高興妳有快感呢，我會把妳弄得更舒服的。」

「啊啊嗯♥」

祕裂處因高潮而溢出更多蜜汁，用舌頭有如刮搔般刺激它後，柔肉緊緊縮住。

「米西雅，這樣舒服吧？」

「啊啊♥呼啊♥舒、舒服……♥」

米西雅露出恍惚表情感到滿足。

諾倫繼續用舌尖溫柔地輕壓陰核。

「啊啊啊啊啊嗯♥」

米西雅做出更誇張的反應，一邊衝上頂點。

噗咻——她小小地潮吹。

「這裡非常舒服呢。」

「頭好像要爆炸了，不行玩陰蒂啦♥」

米西雅大口喘氣，聲音也變尖了。

「輕舔。」

「啊啊啊啊啊嗯，都說不行了♥」

諾倫溫柔地吸吮陰核後，米西雅一邊流淚一邊高潮了。

米西雅全身痙攣。

「諾倫……真、真的不行老是弄那邊♥我、我會變得太奇怪的，饒命♥」

她如此懇求。

「那麼，這樣如何？」

諾倫用右手食指緩緩埋入米西雅的私密部位。

火辣辣的膣穴黏膜吸住手指。

蜜肉有如擁抱手指般緊緊縮住。

「啊啊啊♥諾倫的手指進入我體內了♥」

諾倫小心地不要弄傷內壁，一邊將手指壓進至根部。

「米西雅的小妹妹對我的手指很著迷呢。」

「不只是那邊啦，我也對諾倫很著迷唷♥」

「我知道。」

諾倫一邊跟米西雅深吻，一邊緩緩前後移動手指。

「呼啊♥啊啊啊♥嗯嗯嗯……♥」

為了不要輸給私密部位湧上的快感，米西雅貪婪地渴求諾倫的唇。

諾倫有如被啃咬般地接吻，一邊對米西雅的飢渴感到喜悅。

「舐舐♥啊啊啊♥諾、諾倫的手指在我那邊攪來攪去♥被弄得咕啾咕啾的……嗯

嗯嗯♥」

「米西雅的舌頭跟小妹妹都緊緊縮住我的身體呢，好猛。」

諾倫也沉迷地弄著，努力奮鬥試圖讓米西雅更加舒服。

就在此時，鎖住手指的媚肉忽然斷斷續續地微顫，米西雅亢奮的尖細叫聲開始

帶有熱氣，呼吸也變得更加紊亂。

「嗚！好像又要去了呢。」

「嗯♥嗯唔♥」

米西雅不斷點頭。

「去吧♥」

「要去了♥♥」

米西雅在手指上微微潮吹，一邊將背部向後仰。

米西雅的身體有如被燙傷般火熱。

「啊啊啊……」

米西雅癱倒在沙發上。

「米西雅妳沒事吧!?」

「呼啊啊♥呼啊啊♥啊啊♥」

米西雅大口喘氣，眼睛也失焦了。

（不妙，一時得意忘形讓她高潮過頭了。）

諾倫打算繼續搭話時，米西雅的眼瞳望向他。

「還好妳醒了，米西雅——嗚哇!?」

米西雅有如真正的貓兒般，敏捷地撲向升著帳篷的褲子股間。

「諾倫的小弟弟膨脹成這樣了……♥」

一脫下褲子，陰莖就立刻被拉了出來。♥

男根裸露而出，前端部位因前列腺液而變得溼答答的。

（諾倫的小弟弟一抽一抽地脈動著，好可愛……♥）

米西雅吐出溼潤氣息，一邊被生猛肉塊震懾住，但她仍開開心心地舔掉流出來的水滴。

「嗚！」

諾倫臉龐一僵。

「呼啊♥諾倫也發情了嘛♥變舒服的人不是只有我呢♥」

「當、當然囉，米西雅的吻跟小妹妹都很舒服，我不可能不興奮吧！」

「太好了♥舔舔♥啾哩♥嗯♥啾嚕♥舔舔♥啊啊，好猛♥不管怎麼舔，發情汁都

米西雅投注愛情地做著深喉嚨口交。

（因為我是，諾倫的新娘子嘛♥）

不只是自己單方面地變舒服，也想讓諾倫覺得舒服。

想要變得更舒服。

諾倫有如忍受快感般皺起臉龐。

「米西雅!?用不著這麼勉強……!」

（諾倫的小弟弟好粗，下巴都要脫臼了啦……!）

即使如此，想要多吃下一點、將它吞得更深的心情仍令心情感到亢奮。

「嗯唔……嗯咕……嗯嗯……♥」

米西雅張大嘴巴，開心地蓋住諾倫的陰莖。

「啊唔」

「米西雅，吸它!」

米西雅由下而上地望向諾倫。

想再多舔一些，再多吸吮一會兒。還要更多更多——

濃厚到會讓人嗆到的雄性費洛蒙令心臟撲通撲通地一直跳。

會不斷溢出來呢♥

「嗯嗯……咕嗯……啾……嗯咕咕……」

含至根部後，口中響起陰莖慾火難耐的微顫觸感，光是這樣就讓下腹部一帶緊縮顫抖。

連雄物前端抵住喉嚨的感覺都很舒服。

「諾倫，如何？我的嘴巴舒服嗎？」

諾倫有如在忍耐某種感覺，一邊嗯嗯地點頭。

簡直像是剛才的自己似的。

諾倫變得舒服讓米西雅感到開心，所以她更加激烈地動著頭部含住陰莖。

她努力地吸吮，啾嚕嚕地啜飲忍耐汁。

嘴裡全是濃郁的費洛蒙氣味。

「嗚嗚嗚！好像要在米西雅嘴裡溶化了！」

陰莖一邊抽動顫抖一邊膨脹。

（諾倫!?）

雖然嚇了一跳，米西雅仍是縮窄脣瓣不讓諾倫的陰莖掉出嘴巴。

然後，諾倫抱住她的頭部。才剛如此心想時──

「嗯嗯嗯!?」

諾倫開始動起腰部。

肉棒有如刮搔般用力蹭向口腔內部，咕啾咕啾地亂攪。

嘴角一邊冒出白泡，一邊滲出唾液。

「米、米西雅！抱歉擅自動起來了！可是不這樣做，人好像就要變奇怪了……！」

「沒關係的，諾倫。想動就再多動一些！因為我就是為了讓諾倫陶醉才這樣做的！♥」

諾倫舒服到會這麼熱心地扭動腰部，這讓米西雅感到很高興，胸口也跟著湧上一股暖意。

「米西雅！米西雅……！」

陰莖做出與方才截然不同的反應，口中也同時充滿水果般的香甜氣息與味道。

「諾倫，射出來♥」

「嗚嗚嗚嗚嗚嗚嗚!!」

諾倫將臉龐皺得亂七八糟，就這樣衝上頂點。

在那瞬間，黏答答的精液湧向喉嚨深處。

「嗯嗯嗯嗯嗯嗯唔唔♥♥」

米西雅咕嚕咕嚕地嚥下黏稠精種。

雖然苦苦的，她卻不想浪費諾倫的精種。

肚子暖呼呼的，她不由得心醉神迷。

（一邊喝諾倫的精液一邊去了♥）

諾倫溫馨地凝視米西雅一邊含著陰莖，一邊拚命吞精的模樣。

（米西雅咕嚕咕嚕地喝著我的精液。啊啊，好猛！好像連我的小弟弟都要被吸進去了！）

而且還不是喝下去就結束了。

米西雅喝完後吐出陰莖，溫柔地將舌頭纏上剛射完精還在抽搐顫抖的陰莖，輕吻龜頭頂端將尿道口的殘渣一點不剩地全部舔光。

陰莖有如高高向後翹般瞪視天花板。

「要好好弄掉髒汙才行♥啊啊，諾倫，諾倫的小弟弟果然好猛……♥」

「啊啊，好、好厲害啊，米西雅……！」

用火熱視線注視它後，米西雅發出甜美的感嘆。

接著她望向諾倫。

「欸、我說諾倫啊……♥」

米西雅將大腿閉緊，頻頻來回摩擦。

「米西雅想要我的傢伙吧？」

「嗯♥」

「我也想要米西雅呢！」

「好開心♥」

米西雅仰躺在地板上，雙腿張得大大的，有如誇耀般展示剛才被諾倫狠狠舔拭玩弄過的私密處。

不只是張開雙腿，還自己用右手玩弄裂縫。

米西雅前後移動手指，立刻咕啾咕啾地爆出淫靡聲響。

「諾倫，來吧♥把小弟弟放進我這裡♥」

米西雅用甜美話語索求諾倫。

諾倫一邊注意盡量別讓體重壓在米西雅身上，一邊溫柔地蓋在米西雅身上緊緊擁住她。

「啊啊，諾倫♥」

諾倫一邊奪去米西雅的脣瓣一邊鬆開她胸口的衣物，小小的胸部裸露而出。

在低調隆起的頂端處，櫻色乳頭堅挺地勃起著。

「米西雅的奶子好可愛呢。」

「欸，諾倫♥打從剛才開始胸部的前端就麻麻癢癢的好難受唷♥」

諾倫溫柔地輕舔右胸乳頭。

「呼啊啊啊啊♥諾倫♥」

米西雅發出歡喜叫聲一邊抱住諾倫，有如想要更多刺激般頻頻將身軀蹭向這邊。

那個行動很像貓兒。

諾倫不只是舔右胸，還用牙齒輕咬。

「噫噫噫嗯」

不只是右胸，他也溫柔地輕捏左胸乳頭。

「啊啊啊啊♥諾倫……♥」

米西雅一邊扭動身軀，一邊苦悶地掙扎。

她撐大大鼻翼發出慾火難耐的呼吸聲，一邊眼瞳含淚。

目睹米西雅這種發情的表情，讓股間腫脹疼痛到受不了的地步。

就在此時，米西雅用帶著鼻音的聲音如此訴說。

「諾、諾倫♥這樣弄下去好像會高潮的，把小弟弟放進我的小妹妹嘛♥」

諾倫點點頭，將滿是米西雅口水的雄物輕輕抵住祕裂處，然後加上力道。

然後陰莖對準溼潤肉洞，漸漸埋入其中。

「呼啊啊啊♥」

就算被被縮得緊緊的肉壁壓力侵襲，諾倫仍然緩緩挺進腰部。

咕啾！滋啾！啾滋！

膣肉縮住陰莖抽搐著。

「諾倫的小弟弟進來了♥直、直達我體內的深處啊啊啊啊♥♥」

米西雅手腳亂動，小小地高潮了一下。

在米西雅漫長的高潮之中，諾倫強忍著不讓自己爆發。

「諾倫的小弟弟抵到我的盡頭了♥我裡面很舒服地在顫抖著♥」

米西雅一邊摩擦下腹部，一邊用幸福的陶醉聲音自言自語。

「我也感到米西雅的小妹妹吸住我的傢伙……好像快溶化了呢。」

「好開心♥」

「差不多可以動了吧？」

「嗯♥拜託了♥」

諾倫收回腰部，米西雅「嗯啊啊啊啊啊♥」地發出恍惚的嬌喘聲。

收回腰部，反手又一口氣埋入深處。

「啊啊啊啊嗯♥諾倫♥諾倫♥」

米西雅索吻。

舌頭因唾液而變得溼答答的，慾火焚身地讓舌頭纏綿在一起後，快感變得更加強烈，諾倫焦躁難耐地前後動著腰。

啪啪啪啪!!

「啊啊♥呼啊啊嗯♥嗯嗯♥好、好激烈♥諾倫♥被滋噗滋噗插得好爽喔♥啊啊啊啊啊嗯♥♥」

米西雅彎曲腳趾扭動身軀。

每次動腰，都會噗滋噗滋地爆出蜜汁飛沫。

雄壯陰莖激烈地亂攪米西雅的腹內。

米西雅的柳腰竄過一道甘美電流，渾身抽搐顫抖。

（諾倫雄偉的小弟弟把我裡面埋得滿滿的!!）

形狀凹凸不平的雄物每次刺進深處，腰部都會擅自扭動彈跳。

「啊啊啊♥諾倫，好有快感喔♥小弟弟為了讓我舒服而動著，好幸福♥」

米西雅一邊搖動雙馬尾，一邊沉醉在諾倫的扭腰動作之中。

子宮口每次被使勁衝刺，都會想要更加緊密地貼住諾倫。

（想要感受諾倫！）

米西雅一邊接吻一邊蠕動腰部，用貓尾巴捲住諾倫的身軀，在身體上面蹭來蹭去卯起來撒嬌。

「要站起來囉？」

「欸!?」

才剛覺得屁股突然被握緊，跟諾倫結合著的米西雅就這樣突然被抬起。

「不、不可以突然這樣啦!?」

米西雅把諾倫抱得更緊了。

（小弟弟插進比剛才還要深的地方了♥）

陰莖深深地嵌入體內，比用正常位交媾還要更加深入。

再加上體重的話，會讓人產生一種好像會被搞到爽死的心情，卻又舒服地讓人不由得動起腰部。

滋啾！滋啾！

一邊被捏蜜桃般的屁股，一邊被打樁。

「這個姿勢如何，米西雅？」

「好、好猛喔♥喵呀啊啊♥喜翻♥最喜翻諾倫的小弟弟了……♥」

在諾倫陰莖的擺布下，米西雅就這樣扭動腰部，為了深入迎合陰莖而微微移動身軀。

「米西雅！」

諾倫發出染上亢奮色彩的聲音，將臉龐埋進米西雅的胸口。

「嗯嗯嗯♥」

米西雅向後仰起身軀，全身顫抖。

乳頭被牙齒輕咬，被舌尖滾動，被唇瓣吸吮。

米西雅的背脊迸射甜美電流。

米西雅渾身泛起紅潮，一邊撒嬌。

膣穴壓力變強，縮住陰莖的力道變緊。

「米西雅的小妹妹最棒了！」

「啊啊♥諾倫的小弟弟也好棒♥」

汗水飛濺，諾倫更加亢奮地動著身體。

「諾倫♥諾倫♥諾倫⋯⋯♥」

米西雅死纏爛打地索吻，舌頭愈是交纏，因蜜汁而溼潤的膣肉就收得愈緊。

蜜桃屁股股彈跳，雙馬尾打著波浪，將雄物含進深處。

雄物在腹內抽搐微顫。

彷彿會融化的熱氣與柔軟觸感幾乎令人骨頭酥軟，但諾倫仍是為了讓米西雅有

最棒的快感而心無旁騖地推撞腰部。

啪啪！噗啾！啾噗！咕嗶！滋噗！

「呼啊啊♥啊啊啊啊嗯♥諾倫的小弟弟好激烈♥要壞掉了♥我的小妹妹要壞掉

了♥」

米西雅的表情染上喜悅。

每次前後移動腰部，都會掏挖出愛液將它弄出白泡。

看起來簡直像是失禁似的。

「喜歡♥諾倫，喜歡♥」

米西雅用全身索求諾倫。

（米西雅！）

面對這種令人深陷其中無法自拔的發情膣肉，諾倫也沒辦法無止境地忍耐下去。

「米、米西雅！快射了！」

「諾倫♥射出來♥我也想要變舒服♥我、我也……已、已經……♥」

「要、要去了……！」

諾倫對準米西雅的腹內解放岩漿。

噗咻咻嚕嚕！噗嚕嚕！咻噗！

「喵呀啊啊啊啊♥啊啊，射出來了♥諾倫的精液噗噗咻噗咻不斷敲擊子宮的入口……要去了嗚嗚嗚嗚嗚嗚」

米西雅用指甲抓諾倫的背部，激烈地高潮了。

才剛這樣想她就全身一軟癱了下去，諾倫連忙抱住米西雅。

米西雅用溼潤眼神凝視諾倫。

含淚眼眸中映照出諾倫的身影。

「諾倫在裡面射了好多精液♥好開心♥」

「能在米西雅裡面射一大堆精液我也很開心呢……」

沒能完全收進腟內的樹液倒流而出，在兩人腳底下弄出水窪。

兩人滿身大汗，就這樣躺在沙發上。

琦瑟趁米西雅與諾倫不在家的時候（諾倫正在散步）把家事做完。

打掃結束後，她把洗好的衣物拿進室內。

把晾在晒衣竿上的床單拿進室內時，她把臉埋了進去。

（嗯，太陽公公的味道……）

琦瑟最喜歡太陽公公的香味了。

光是待在太陽晒得到的地方，就會讓人產生幸福的感覺

她也曾經偷偷地撲上剛晒過太陽的棉被。

把衣物拿進室內後，她開始摺諾倫他們的衣服。

就在此時，琦瑟攤開諾倫的衣服。

環視四周確認空無一人後，她也將臉龐埋進衣服裡。

當然衣服已經洗過，所以並未殘留諾倫的氣味，卻還是有一種被諾倫緊緊擁在

懷中的感覺。

之所以能夠擁有這種心情，也全是託了諾倫與米西雅的福。

（得替哥哥跟米西雅做美味的料理才行。）

好──握緊拳頭後，她穿上圍裙站到廚房這裡。

今天的晚餐是漢堡肉。

「登登♪登登～♪」

琦瑟耳朵微顫，輕輕搖擺尾巴捏著絞肉。

「嘿咻，嘿咻。」

她拚命動著小手。

「琦瑟——」

「呀啊！」

「琦瑟！?」

大吃一驚淚眼汪汪地回過頭後，出現在那兒的人是諾倫。

「哥哥！?」

「嚇了一跳？」

「嚇、嚇了一跳呢。」

琦瑟浮現淚珠點點頭。

「抱歉抱歉，不過我有說『我回來了』唷？沒聽見嗎？」

「剛才我很專心的樣子——歡迎回來，哥哥。」

「我回來了，琦瑟。」

諾倫輕觸琦瑟的臉頰給了一個吻。

「今天的晚餐是？」

「漢堡肉♥」

「那麼我也來幫忙。」

「沒事的，我習慣了……啊啊♥」

琦瑟身軀倏地一震，紅暈上頰。

「哥、哥哥……♥」

琦瑟扭捏起來。

「怎麼了，琦瑟？」

諾倫故意如此反問。

「嗚嗚嗚嗚……那、那邊，不對啦♥」

諾倫隔著衣服觸摸琦瑟的乳房。

「琦瑟，怎樣捏比較好呢？」

「嗯嗯♥像是要把空氣捏掉那樣……啊啊♥」

琦瑟皺起柳眉扭動身軀。

「像這樣嗎？」

「啊啊♥」

諾倫用大手肆無忌憚地亂揉胸部。

明明有隔著衣服，身體卻竄過一股電流。

「哥、哥哥……不、不、不行♥」

「沒有不行啊，因為現在在做漢堡肉吧？」

「那、那邊不是絞肉……♥」

「可是我想揉耶。」

此時諾倫忽然掀起罩衫，讓胸部裸露而出。

「呀啊!?」

「果然直接揉比較好吧？」

微微的隆起上方有著顯眼的豔麗乳頭。

諾倫用手裏住琦瑟低調的胸部，用指尖捏住乳頭向上一拉。

「呀啊啊……♥」

琦瑟雙腿一軟，諾倫用左手攬住腰撐住她。

腦中變得一片空白，琦瑟輕易地高潮了。

「嗯嗯……♥」

就在此時，緊貼右邊臀部的堅硬觸感令她身軀一僵。

「碰、碰到了……♥」

明明是隔著長褲，它的硬度與微顫的狀態仍是鮮明地傳向這邊。

心跳加速。

諾倫回家時雖然有開口搭話，但琦瑟卻在廚房專心做著事情，所以似乎沒察覺到諾倫。

剛開始時原本只是想嚇琦瑟一跳，但她毫無防備的背影卻讓諾倫浮現另一種心情。

就這樣，他從後面抱了上去。

琦瑟的胸部揉著揉著，股間開始發燙，脹大緊繃到會痛的地步。

她羞答答地試圖拉開距離，卻在此時用屁股刺激了陰莖。

「呼啊♥哥、哥哥……♥」

「琦瑟的奶頭硬邦邦的呢。」

琦瑟的狐耳倏地一震。

「請、請別這樣說……♥」

琦瑟淚眼汪汪，不要不要地搖著頭。

「也讓我爽一下。」

諾倫褪下琦瑟的裙子後，被設計狀似幼兒內褲（？）的白內褲裏著的大臀部裸露而出。

（胸部雖然是米西雅的比較大，但琦瑟的屁股卻很壯觀。）

「琦瑟的屁股很壯觀呐。」

「～～♥」

琦瑟只把頭轉向後方，淚光在眼底轉啊轉的，不過這樣也很可愛。

「是、是這樣的嗎？」

「別露出這種表情，我是在誇妳呢。」

「是、是這樣子的嗎？」

「畢竟屁股大的人是安產型嘛。」

「安產……？」

「就是能生很多小寶寶的感覺吧？」

「嗯。」

「……小、小寶寶……哥哥的小寶寶……」

「是、是這樣的話我就很開心♥」

琦瑟「欸嘿嘿」地露出微笑。

「把內褲脫下來囉？」

「好、好的♥」

脫下內褲後，有著柔嫩肌膚的蜜桃臀一邊搖晃一邊溢出。

諾倫有如來回揉捏般用右手揉屁股。

「呼啊♥」

蜜桃臀吸附掌心的軟綿綿手感很舒服。

微微流出的香汗也令人血脈賁張。

「琦瑟的屁屁真的很可愛呢。」

諾倫脫下長褲露出陰莖，將它緊緊貼住臀肉。

「哥哥……♥」

「琦瑟，我的小弟弟如何？」

諾倫有如要將忍耐汁塗抹在蜜桃臀上面似地移動陰莖。

「……哥、哥哥的，一跳一跳的……♥」

「把小弟弟說出口。」

「嗚啊♥小弟弟……♥」

琦瑟的羞赧模樣令胸口小鹿亂撞。

「琦瑟的屁股軟綿綿的真不錯呢。像這樣磨蹭滑膩屁股，非常地舒服喔。」

「哥哥……！」

琦瑟雖然感到害羞，聲線卻還是淫靡地變尖細了。

「琦瑟，要射了！」

「嗯嗯嗯嗯嗯……♥」

他氣勢十足咻咻咻地解放樹液，將琦瑟的屁股弄得黏呼呼的。

諾倫朝琦瑟的臀部盡情射精。

「嗯嗯嗯♥哥哥的，好燙唷……♥」

琦瑟似乎也渾身微顫抽搐衝上頂點。

「很高興妳去了呢。」

「呼啊♥啊啊♥嗯♥啊啊嗯♥」

琦瑟茫然地大口喘氣，卻突然瞪大圓滾滾的眼瞳。

「啊，哥哥……！」

沒錯，此時琦瑟發現抵住屁股的陽具仍然雄糾糾地挺立著。

「嗯，只射一次根本不夠。」

「呃……那麼，要怎麼做才……？」

「琦瑟維持這個姿勢就行。」

「？」

琦瑟露出不可思議的表情後，諾倫拜託她略微張開雙腿。

他將仍然活力十足的雄物插進張開的雙腿之間。

「呀嗚!?」

突如其來的舉動令琦瑟豎起狐狸尾巴。

諾倫有如要抵住裸露的私密處般調整陰莖的位置，一邊緊緊貼上去。

「哥哥，這、這個是什麼啊……♥」

突如其來的狀況令琦瑟慌了手腳。

「是股交唷。」

「股、股交……？」

「只要像這樣直接抽送小弟弟……」

諾倫一邊解說，一邊收回陰莖。

「呼啊啊啊啊啊嗯嗯♥」

琦瑟全身起雞皮疙瘩，情慾高張地扭動身軀。

同時愛情果汁被攪來攪去，滋嘆滋嘆地發出春心蕩漾的聲音。

「呼啊♥啊啊♥哥、哥哥♥全身麻酥酥的♥」

琦瑟踮起腳尖，挺直上半身。

雄壯男根每次在琦瑟的大腿中間激烈地抽送，快感電流都會爬上背部。

（這個，好像做愛唷……！）

琦瑟膨脹鼻翼，發出嬌喘聲。

就在此時，耳邊傳來溼潤呼吸聲。

「收緊大腿，壓住我的傢伙。」

「好、好的♥哥哥♥」

琦瑟依照諾倫吩咐閉緊大腿後，無論如何都會感受到陰莖又熱又硬的存在感。

（可以好清楚地感受到哥哥的小弟弟在顫抖。哥哥的小弟弟形狀雖然可怕，不過

像這樣感受它在抖動還挺可愛的……）

在這段期間內陰莖也激烈地持續抽動，令琦瑟的祕處陶醉不已。

琦瑟眼泛淚光扭腰擺臀，一邊更用力地壓住陰莖。

「琦瑟，喜歡股交嗎？有變舒服嗎？告訴我。」

「哥哥，很舒服♥股交做起來，簡直像是在做愛似地……」

亢奮感升高後，勃起的乳頭也跟著發麻變得又辣又疼。

「看這邊。」

諾倫溫柔地抓住下巴，讓琦瑟回過頭。

「哥哥……嗯嗯♥」

一回過頭便被奪去脣瓣。

（哥哥的口水……）

舌頭立刻擠入口腔，捲住琦瑟嬌小的嫩舌，滋嚕嚕地讓舌頭互相摩擦一邊讓她喝下唾液。

琦瑟咕嚕咕嚕地喝下諾倫的口水，就像索求餌食的雛鳥似的。

「嗯啾♥啾嚕♥呼嗯♥呼啊♥跟哥哥接吻，好舒服唷♥」

變得舒服後，她自然而然地縮緊大腿。

股交跟接吻的快感令腦袋放空。

陰莖在大腿之間用力膨脹。

「嗯嗯!?」

琦瑟吃了一驚停止接吻。

「琦瑟，我……!」

諾倫想要表達的事情痛切地傳向這邊。

「哥哥，請射出來♥」

「嗚嗚嗚嗚！」

在琦瑟大腿的壓迫下，白色液體迸射爆發。

琦瑟用意亂情迷的目光眺望飛散在地板上的精液。

「啊啊，弄髒地板了♥得擦乾淨才行……♥」

「維持原狀就好。」

「呼欸？」

諾倫把困惑的琦瑟轉向自己這邊，呈現兩人面對面的姿勢。

被目不轉睛地凝視，心跳變快了。

「哥哥……？」

「琦瑟，妳看。」

諾倫將昂立的陰莖擺到她面前。

她變得無法移開目光。

「我想要琦瑟，可以吧？」

琦瑟一邊凝視諾倫的陰莖，一邊吞下一小口口水。

「⋯⋯好、好的，哥哥。」

諾倫將男根抵住琦瑟的祕處。

琦瑟現在連圍裙都沒好好穿在身上了。

「啊啊♥哥哥微顫的小弟弟被我那邊吸住了♥」

「琦瑟的小妹妹溼答答了呢，股交就這麼舒服嗎？」

「嗚嗚⋯⋯」

琦瑟害羞地垂下臉龐，但雙眸卻淫靡地泛著水光。

「琦瑟，要放進去囉？」

「好的♥」

諾倫緩緩插入陰莖。

黏稠溼潤的柔肉群起湧向陰莖，腰部頓時一顫，全身也寒毛倒豎。

（琦瑟的小妹妹窄到不行⋯⋯！）

好像只要一不留神就會被瞬間搾出汁似的。

「哥哥深入裡面了♥♥」

推擠至最深處後，琦瑟「嗯嗯嗯嗯嗯～♥」的氣息一滯。

同時高潮痙攣的蜜壺將陽具含至根部。

諾倫連忙肛門使勁，千鈞一髮地抑制住爆發衝動。

「哥、哥哥……♥」

「琦瑟高潮了呢，小妹妹縮得這麼緊我好開心喔。」

「嗚嗚嗚嗚……♥把話說得這麼白羞死人了啦……♥」

琦瑟整個人軟掉，狐耳也倒了下來。

「插到琦瑟小妹妹的最深處了唷，知道嗎?」

琦瑟由下而上地望向這邊。

「……哥哥的小弟弟一抽一抽地顫抖著……♥嗯嗯……腹部在抽搐♥」

「琦瑟。」

諾倫堵上唇瓣，同時腰部向後一收。

「嗯嗯嗯嗯嗯嗯嗯♥」

琦瑟一邊激烈地熱吻，一邊忍受著快感。

每次前後抽送腰部都會滋噗滋噗地發出情色聲響，同時掏挖出蜜汁。

「啊啊啊♥呼啊嗯♥哥哥的小弟弟插到我的深處，好猛唷♥」

琦瑟眼尾浮現淚珠，一邊苦悶地扭動身軀。

看到琦瑟露出這副表情，更加讓人想要欺負她了。

諾倫更加激烈地熱吻，一邊撞擊腰部。

「呼啊啊啊啊啊啊嗯♥」

啪啪啪地推送腰部後，琦瑟有如還想要更多似地扭動柳腰。

諾倫雄偉的男根滋滋滋地攪動深處。

每次插進深處，都會有快感電流爆發。

「嗯嗯嗯♥哥哥♥好舒服唷♥啊啊嗯♥請再進得更深入一些♥盡情地做吧……♥」

琦瑟大舌頭地喘氣。

連接的部分毫無間斷地發出噗啾噗啾的牽絲聲，而且抽出雄壯男根時，感覺就像體內深處的所有事物都被拖拉出來似的，快感也跟著膨脹。

（覺得跟哥哥做愛，愈做快感愈強呢！）

琦瑟吐出氣息，一邊更加地索求諾倫。

「哥哥，請再進來深一點♥把我弄得亂七八糟吧♥」

下個瞬間，陰莖一口氣拔了出去。

「哥哥，我裡面不舒服嗎!?」

「不是這樣的，因為琦瑟有說想要插得更深吧？所以……要用這種體位做唷。」

琦瑟突然被諾倫抱到地板上，擺出四肢伏地的動作。

「哥哥!?這、這副模樣……♥」

「琦瑟的小妹妹跟屁穴都看得一清二楚唷。」

兩邊都在微微顫抖著。

「哥哥別看♥」

琦瑟移動身軀試圖反抗，卻被諾倫牢牢握住臀部，什麼也做不了。

「就用這個姿勢插入喔。」

「哥哥♥啊啊啊啊嗯嗯♥」

一插入就發出意亂情迷的聲音。

「啊啊啊啊啊啊嗯♥♥」

一邊被諾倫強壯的大手摩擦屁股，一邊被侵犯。

「好深唷♥哥哥的小弟弟直達最深處……♥比剛才還要更猛♥」

琦瑟顫動狐耳，尾巴用力地來回亂甩，用全身表現快感。

她將全身神經集中至連接部位的瞬間，奶頭被使勁一捏。

「啊啊啊嗯♥♥」

腦袋變得一片空白，直衝頂點。

用後背體位做色色的事，讓琦瑟的反應變得比剛才還要敏感許多。

只要抽送陰莖，就能一清二楚地看見琦瑟的祕處淫蕩地含進陽具的模樣。

每次前後搖動腰部碰撞琦瑟的屁股，分量十足的蜜桃臀就會豔麗又沉甸甸地搖來晃去。

「啊啊嗯♥哥哥，好激烈啊啊啊啊」

「不過這樣很舒服吧？」

「嗯嗯♥很舒服♥哥哥的小弟弟好舒服♥」

琦瑟一邊嬌喘，一邊彈跳身軀。

諾倫進一步地伸出雙手，一邊用掌心壓住琦瑟的胸部，一邊刺激乳頭。

「呼嗚嗚嗚」

膣壓升高，有如要從根部被咬斷般緊緊縮住陰莖。

「哥哥⋯⋯♥」

諾倫如同搔癢般弄痛乳頭，一邊不斷推送腰部。

每推送一下腰部，美麗的中長髮髮梢就會亂飄，吐出的氣息也很炙熱，聲線愈拉愈高。

「哥、哥哥，已經……♥」

緊緊縮住的膣穴黏膜開始痙攣。

琦瑟的屁穴也跟著縮緊。

「嗯，我也是！」

「不想一個人去♥跟哥哥一起去比較好♥」

「一起去吧‼」

噗咻！嗶嚕嚕嚕！噗嗶嚕！

被搾汁的諾倫對準收斂的柔肉，就這樣解放自我。

「呼啊啊♥去了♥哥、哥哥……我去了♥去了啦啊啊啊啊啊♥♥」

琦瑟配合射精的勁道全身抽搐顫抖。

「琦瑟。」

「呼啊……？嗯嗯……♥」

諾倫讓琦瑟回過頭，跟她接吻。

「嗯♥呼啊♥哈呼♥哥哥的小弟弟，在我的肚子裡一抽一抽地顫抖地好厲害♥」

她簡直像是喝牛奶的小貓般，怯生生地動著舌頭。

「琦瑟，非常地舒服唷。」

「我、我也是♥哥哥讓我舒服，我覺得好開心♥」

發出口齒不清的聲音後，琦瑟緊緊擁向這邊。

諾倫將琦瑟抱起來。

「對、對不起，哥哥……我動不了了，做愛……」

「不對唷。」

「琦瑟在這邊休息。」

諾倫讓琦瑟躺到沙發上，用自己的外套替她蓋上。

「可、可是我要準備晚餐……」

「沒問題，我會準備好的。」

「……哥哥，感激不盡……♥」

琦瑟開心地露出靦腆笑容。

第二章 野餐時喝木天蓼酒爛醉如泥然後進行侍奉

諾倫為了採買今天晚餐要用的食材而來到市場。

雖然在這個世界裡雄性不用工作，不過啥也不幹度過一整天還是會讓人心生厭倦，所以他才出門採買順便去散個步。

（好，這樣就全部買齊了。）

確認完琦瑟寫的清單後，諾倫準備踏上歸途，此時有人開口向他搭話。

「諾倫♪」

「啊啊，妳好。」

開口搭話的人是牛女店員。

「買這個給米西雅親如何？是我們緊急進貨的唷。」

她拿給諾倫看的東西是木天蓼酒。

「那就收下了！」

買下木天蓼後諾倫意氣風發地踏上歸途，不過比起普通地讓米西雅喝下這瓶酒，他想到或許有更好的使用方式也不一定。

諾倫一如往常地跟米西雅還有琦瑟圍在餐桌旁。

晚餐是培根蛋汁麵。

「嗯，不愧是琦瑟，非常好吃。」

「感激不盡。」

琦瑟靦腆地微笑。

米西雅點點頭。

「琦瑟果然厲害，可是我也沒有輸唷？——諾倫，我來做明天的晚餐，好好期待吧。」

「是沒錯？」

「嗯，我很期待……呃，是呢。米西雅明天休假不用工作吧？」

「其實我明天想去野餐，妳們兩人覺得如何呢？」

「當然好啊！對吧，琦瑟！」

「嗯！哥哥，好期待明天唷！」

光是看見兩人喜悅的模樣，就連諾倫也跟著開心起來了。

「對了，雖然是我提議的，不過有哪裡剛好適合野餐呢？」

米西雅與琦瑟面面相覷，然後朝彼此露出微笑。

「那邊不錯呢，琦瑟。」

「嗯，是那邊的話，哥哥也會開心的吧。」

「是哪裡？告訴我嘛？」

「等明天就知道了。」

「對呀——」

望向彼此後，米西雅與琦瑟與奮地雀躍著。

隔天，將午餐塞進籃子後，諾倫他們出門了。

在萬里無雲的晴朗天氣下，他們離開城鎮，在平緩小道上朝森林前進。

「喂，妳們兩個！走好快啊⋯⋯！」

米西雅她們在茂密林木中輕鬆地前進，諾倫卻是跟不成道路的小道苦戰著。

米西雅在十公尺左右的前方揮手，一邊朝這邊搭話。

「喂——！諾倫——！這裡這裡！」

「欸，米西雅，哥哥看起來累壞了耶？」

米西雅很興奮，琦瑟卻是在手心捏一把冷汗。

「真是的，拿你沒辦法吶。」

米西雅跟琦瑟咬耳朵講悄悄話。

琦瑟點點頭露出笑容。

「好！那走吧，琦瑟。」

「嗯！」

米西雅拉著琦瑟的手，一邊輕搖耳朵跟尾巴回到累翻天的諾倫身邊。

「啊啊，妳們兩人。謝謝——嗚哇!?」

右手被米西雅，左手被琦瑟抓住拖向前方。

「來吧，諾倫，快走快走。」

「請哥哥加油。」

「好、好吧！」

雖然氣喘吁吁，諾倫仍是拚命地動著腳。

被兩人牽著，在蔥鬱的森林中以Z字路線（諾倫是這樣覺得的）前進一會兒之

後，視野豁然開朗起來。

「哇啊！」

眼前的光景讓諾倫不由得發出聲音。

那兒是一大片有著五顏六色的草葉、花朵怒放的花田。

陽光灑落，花瓣在綠葉襯托下顯得更加鮮豔。

「哇啊！」

米西雅與琦瑟有如惡作劇成功的孩子般笑鬧起來。

「祕密基地？」

米西雅點點頭。

「呵呵，哥哥。這裡呀，是我們的祕密基地！」

「嗯，有嚇了一跳，也很開心喔。」

「怎麼樣？大吃一驚？有開心嗎？」

「沒錯，是我們偶然發現的地方喔，是只屬於我們的場所。所以想說也告訴身為老公的諾倫，對吧？」

琦瑟欸嘿嘿地微笑。

「哥哥開心真是太好了♥」

米西雅將布墊整個攤開，立刻從籃子裡拿出餐點。

有三明治跟章魚香腸，還有可樂餅跟炸雞，再配上馬鈴薯沙拉跟薯條等等，可說是非常豐盛。

「諾倫，開動吧。」

「開動了！」

「哥哥，請用♥」

琦瑟把裝在水壺裡的法式清湯遞向這邊。

諾倫被服務得無微不至，吃到肚子都鼓起來了。

「呼啊。」

琦瑟小小地打了一個呵欠。

「睏了？」

「不、不想睡！」

諾倫如此問道後，琦瑟猛然回神拚命搖頭。

琦瑟嘴上雖然這樣說，但平時就有些下垂的眉毛變得比平常還要下垂，看起來

令人心生一股暖意。

「可以的喔，琦瑟，畢竟今天很早起床嘛。來吧，睡在我的膝蓋上。」

「啊！諾倫我也要！」

米西雅也不落人後地舉手如此主張。

「米西雅沒有想睡吧？」

「噗！」

把頭放到諾倫的膝蓋上後，琦瑟一轉眼就發出嘶嘶鼻息睡著了。

「那麼，點心時間到了。」

「甜點已經吃完囉？」

「還有另一個甜點。」

諾倫從包包裡取出木天蓼酒。

「啊！」

米西雅瞬間眼睛一亮。

「妳喜歡木天蓼酒吧？」

「嗯，準備了這種東西啊。」

諾倫將木天蓼酒倒入紙杯，然後遞給米西雅。

「開動了！」

米西雅咕嚕一聲大口喝酒。

「噗哈～！」

只喝了半杯她就紅暈上頰，倒下貓耳，變得醉眼迷濛了。

「諾倫也要喝才行～」

「正喝著呢。」

「喵嗚嗚嗯，好熱。」

米西雅敞開胸口，用手朝裡面搧風。

「好涼～！喵哈哈～！」

「米西雅妳怎麼了？」

「呼啊啊～覺得好舒服想要笑呢喵～！諾倫也在喝嗎喵～？」

米西雅心情絕佳地手舞足蹈。

「啊啊，嗯……喝著呢。」

「唔嗯？」

被她瞪著猛瞧。

「幹、幹麼？」

「要多喝一些才行喵♥」

米西雅紅著臉頰，整個人壓向這邊。

「嗚哇啊!?」

諾倫雖被壓在下面，但米西雅很輕所以並不難受。可是為了不讓喝醉的她跌倒，他無法做出反抗。

米西雅用右手拿起酒瓶，咕嚕咕嚕地喝了起來。

「喝、喝太多我覺得不好唷!?」

「要喝的人，是諾倫喔～!」

「欸?──嗯嗯!?」

在米西雅嘴裡變柔和的酒水風味，漸漸擴散在諾倫口中。

柔嫩脣瓣堵向這邊，諾倫被嘴巴餵下濃郁的美酒。

「好喝嗎?」

「嗯，很好喝喔。」

「太棒了喵～。這樣就會跟諾倫一樣了喵!」

「米西雅，太大聲的話會把琦瑟吵醒的。」

「琦瑟一睡著就不會醒來，所以沒事的♥接下來是大人的時間囉♥」

「大、大人的時間……?」

不該讓她喝酒的嗎——諾倫如此心想時，股間忽然迸射出甘美電流。

「米西雅!?」

米西雅摩擦輕撫諾倫的股間。

「呼啊♥這裡，好硬♥」

「被、被這樣摸會……嗚嗚！」

「唔嗯嗯……♥有好香的味道喵♥」

「諾倫，覺得舒服嗎喵？」

「很舒服！」

「那我再多摩擦一些♥」

隔著褲子摩擦令情慾高漲，陰莖的輪廓清楚地浮現。

米西雅將臉龐湊向股間，嘶嘶嘶地動著鼻子用力聞，然後在嘴角綻放出笑容。

米西雅喜孜孜地脫下褲子後，陰莖啵的一聲勁道十足地彈出來。

米西雅眺望了一會兒陽具，接著用舌頭舔了上去。

「啊啊♥小弟弟好大♥」

雄物青筋爆現，一抽一抽地微顫著。

「舔舔♥」

舌頭在陰莖上爬行，竄出麻酥酥的快感電流。

「好舒服！米西雅的舌頭黏呼呼地纏上來了⋯⋯!!」

「那就再多舔一下喵♥」

米西雅眼泛水光，用雙手裏住陰莖將它固定，有如在吃冰棒似地讓舌頭爬上去

柔軟舌肉令諾倫全身起雞皮疙瘩。

「嗯啾♥啾嚕♥舔舔♥啊啊⋯⋯漏出水滴了♥這邊也要好好舔掉才行喵♥啾嚕嚕嚕♥」

雖然嘴脣四周弄得到處都是忍耐汁，米西雅仍是貪婪地來回舔拭。

「嗚嗚嗚！米西雅，好棒喔！」

米西雅從根部到頂端一寸不漏地吸吮，用舌尖輕搔包皮繫帶。

陰莖激烈地微微跳動顫抖，忍耐汁滿溢而出。

米西雅連龜頭冠都用舌頭整個舔遍。

「啾嚕嚕嚕嚕♥咕嗯♥啾啵♥咕嗯♥」

她有如刮搔尿道口般扭動舌頭，接著就這樣順勢張大嘴巴。

「嗚咕唔!?」

突如其來的情況讓諾倫扭動腰部，就這樣直接頂到米西雅的喉嚨最深處。

「嗯嗯♥諾倫♥」

米西雅微微發出嗚咽聲，卻還是收緊唇瓣進行濃厚口交。

是因為米西雅有喝酒的關係嗎，酒精成分也滲進龜頭冠。

（是酒害的嗎，麻麻痛痛的呐！）

而且還暴露在陰莖好像會被連根拔起的強烈吸力下。

「嗯啾♥啾嚕嚕♥諾倫的小弟弟在我嘴裡一跳一跳的，好可愛喵♥」

射精慾望一旦膨脹，有如排泄感的焦躁感就跟著裹住腰際。

「米西雅，抱歉！我已經⋯⋯！」

然而火西雅卻忽然將臉龐向上一拉，解放了陰莖。

「米西雅!?」

突如其來的舉動令諾倫大為動搖。

因為在射精的前一瞬被迫「等待」之故，陰莖一邊滲出混雜著精液的體液，一邊苦悶地抖動微顫。

「還不能射唷♥」

米西雅脫下衣服，變成剛呱呱墜地的模樣。才剛這樣心想，她立刻做出跨坐到仰躺著的諾倫的臉上，臉龐湊向陰莖的姿勢。

（這個是!?ＡＶ常見的69⋯⋯!?）

不是由自己主導，而是米西雅主動做出這種舉動，令諾倫難掩吃驚神色。

「米西雅⋯⋯為什麼妳知道這種體位呢？」

「因為只要這樣做，諾倫就能舔我的小妹妹，我也能舔諾倫的小弟弟啊♥」

米西雅大舌頭地說道。

（好厲害！居然靠本能就做出69體位！）

諾倫雖然吃驚，卻還是望向眼前的米西雅的蜜臀。

米西雅的祕裂處溼答答的，還不時微微發顫索求著諾倫。

諾倫用力聞了幾下氣味，濃厚的氣味幾乎令他嗆到。

簡直像是熟成果實般的酸甜香氣讓他心跳加速，陰莖也彈起做出反應。

「諾倫真是的，居然聞味道好下流喵」

米西雅軟綿綿地搖晃倒心型蜜桃臀，一邊感到愉悅。

「畢竟米西雅的小妹妹都溼透了嘛⋯⋯而且米西雅也在聞我股間的氣味吧？」

「欸嘿嘿～♥，我們這對夫妻還真像呢♥」

米西雅語氣興奮開心地說道。

「是呢，俗語是有所謂的夫妻臉吶⋯⋯我舔。」

「噫呀啊啊嗯♥」

有如輕撫祕裂表面般爬上舌頭後，米西雅肩膀倏地一震。

蜜汁一邊拉出細絲一邊滴落。

「米西雅真是的，居然在野外讓小妹妹溼答答呐。」

「啊啊嗯♥可以的啦♥因為我喜歡做愛，最喜歡用子宮感受諾倫的小弟弟了♥」

米西雅晃動蜜桃臀，表示想要更強烈的刺激。

「好！」

諾倫握緊屁股，吸吮微顫的祕處。

「嗯嗯嗯♥舌頭好爽唷♥」

米西雅搖動雙馬尾，向後仰起背脊。

「米西雅也吸小弟弟嘛。」

「嗯♥」

米西雅將嘴巴湊向陰莖。

米西雅凝視青筋浮現的異形雄物。

（嗯啊啊♥我果然還是好喜歡木天蓼酒♥雖然最喜歡的還是諾倫啦♥）

光是看著陰莖，就叫人不由得咕嘟一聲吞下口水。

「嗯啊，最喜歡諾倫的小弟弟了♥」

「嗚！」

前端的肉被輕舔，諾倫微微發出呻吟。

簡直像是在吃正要溶化的冰淇淋似的，心無旁騖地來回吸吮沾滿忍耐汁的雄物。

「嗯啾♥舔舔♥啊啊♥諾倫的小弟弟好熱♥喵呀啊♥最喜歡了♥嗯啾嚕嚕嚕」

讓舌頭爬上陰莖吸吮忍耐汁後，下腹開始甜美地脹痛麻癢了。

「嗯啾！」

「嗯嗯嗯嗯……♥♥」

諾倫吸吮祕裂，米西雅微微高潮了。

「米西雅，去了嗎？」

「唔嗯♥去了♥諾倫熱熱的舌頭好舒服♥喵呀啊啊嗯♥」

米西雅因發情裂縫的舒暢感而心醉神迷。

快感一旦攀升，胸口就感到刺痛，從內側爬上身軀。

米西雅麻癢難耐，用胸部貼住凹凸不平的陽具。

「喵呀啊啊嗯♥」

將勃起的乳頭壓扁後，背脊迸射出甜美電流。

「諾倫硬邦邦的小弟弟壓扁我的奶頭了♥好像被電到般麻麻的呢♥」

米西雅用勃起乳頭一寸不漏地刺激像是細頸處或包皮繫帶等各處。

「米西雅的奶頭好舒服喔！」

「奶頭會變得這麼硬都是諾倫害的喵♥要負起責任讓我滿足唷♥」

每次乳頭跟陰莖互相摩擦，眼底都會爆出火花，讓身軀露出媚態。

柔肌因亢奮與快感而被染得紅通通的。

「諾倫♥不要只有吸吮，也放進去嘛♥」

她扭動屁股如此勾引。

「知道了。」

諾倫將右手中指插進膣穴。

「喵呀啊啊啊唔唔唔嗯嗯♥」

麻酥酥的甘美感受有如波紋般，從祕處漸漸擴散至全身。

明明知道只是一根手指，感覺卻像是被更粗更大的異物插入似的。

米西雅有意識地縮緊手指，感受諾倫粗獷的手指。

「米西雅，縮得這麼緊插不到裡面唷！」

「要進來啦♥不讓我滿足是不行的唷♥」

米西雅一邊鬧脾氣，一邊貪婪地索求更多。

「真任性吶。」

諾倫口吐怨言，用舌尖刺激陰核。

「不行不行，那、那邊♥要去了啊啊啊啊♥」

米西雅衝上頂點，然後全身放鬆。

諾倫不只用中指，也把食指插了進去。

「諾倫……明、明明正在高潮的說♥」

諾倫插入兩根手指，而且還緩緩地前後抽送。

「喵呀啊♥好棒♥再、再多動一些♥」

「好性感的太太呢。」

米西雅來回亂甩貓尾巴，慾火難耐地扭動身軀。

「嗯嗯嗯嗯……♥」

膣肉發出咕啾咕啾的混濁聲響。

這也是受到木天蓼酒的影響，米西雅比平常還要狂野飢渴，貪心地索求著諾倫。

在這股氣氛下，諾倫也變積極了。

（米西雅的小妹妹縮得太緊，手指都要瘀血了……）

只要抽送手指，蜜汁就會冒出白泡弄髒成熟的柔肉。

膣肉縮緊的同時，屁穴也收窄了。

（要讓米西雅更有快感喔！）

就在諾倫鼓足幹勁的下個瞬間。

「嗚嗚嗚!?」

從股間至下腹部傳出又痛又爽的觸感，令諾倫瞠目結舌。

「米西雅妳在做什麼!?」

「讓諾倫舒服啊 ♥」

米西雅用雙手裹住睪丸，一邊用恰到好處的力道欺負它。

「諾倫，只要弄這邊小弟弟就會變得更加硬挺，膨脹的更大喵 ♥」

米西雅紅著眼頭慾火焚身地玩弄子孫袋，一邊將雄物含入口中。

「米西雅，那個，不行……！」

在陽具前端被貪心地舔拭，同時又被玩弄子孫袋的情況下，只要不縮緊肛門好

像就會輕易地釋出精液。

「米西雅！嗚嗚嗚嗚！不能同時弄兩邊啦……！」

「我要讓諾倫愈來愈舒服，身陷其中無法自拔♥」

米西雅不時抖動貓耳，就像對立場逆轉感到心情愉悅似的。

「嗯啾嚕嚕嚕♥小弟弟發出興奮的氣味了♥啾嚕嚕♥啾嚕嚕嚕嚕♥」

米西雅露出慾火中燒的表情，一邊做著讓人腿軟的濃厚吸吮。

被摩擦的子孫袋也多事地加強了刺激感。

（米西雅居然做到這個地步，因木天蓼酒而酒醉實在是太不妙了！）

米西雅發出喜悅叫聲。

「唔嗯～♥諾倫，馬上就要射了吧？欸，射出來吧♥想要你射在我嘴裡喵♥」

米西雅收緊嘴脣。

啪嘰！

「喵喔喔喔嗯♥」

熱心地刺激子孫袋的米西雅肩膀倏地一震。

諾倫用溫柔的力道拍打米西雅的屁股。

打下去後，屁股變得紅辣辣的。

啪嘰！

「喵嗚♥不、不能打屁屁啦♥」

雖然不要不要的做出反應，卻能從亢奮聲音明確得知她並不是真心感到厭惡。

「米西雅是被虐狂嗎？」

「被、被虐……?」

「就是指喜歡像這樣被拍打。」

「這、這種事……呀啊啊嗯♥」

諾倫在米西雅說話時，啪嘰一聲拍打她的臀肉。

當然他也有注意不要打得太痛，然而米西雅的反應卻比實際上的刺激來得更大。

「不可以打屁屁啦♥……啊唔唔唔♥」

「嗚嗚嗚嗚」

米西雅更加激烈地猛含陽具，就像要忘掉被打屁股的衝擊似的。

「啾嚕嚕唔♥咕嗯♥啾啵♥」

對抽搐雄物展開激烈口交，令射精慾求化為怒流湧向股間。

「要、要出來了……!!」

諾倫在米西雅的口腔深處達到高潮。

啾嚕嚕嚕嚕！噗啾啾啾！咕嘩！啾嚕嚕嚕！

「嗯嗯嗯嗯嗯嗯嗯……」

米西雅一邊苦悶地呼吸，一邊有如沐浴在樹液下般咕嚕咕嚕地大口嚥下它。

「嗯……♥啊嗚……♥嗯……♥」

米西雅緩緩抬起頭部，仍然保持強猛形狀的雄物頓時裸露而出。

「呼啊♥諾倫的精液好好吃喵♥嗯嗯……好像會喝醉呢喵♥」

結束69體位後，米西雅大口喘著氣，一邊用失神聲音如此低喃。

「米西雅剛才好猛呢。」

米西雅清澈無比的藍色眼眸望向諾倫的陰莖，嘴角綻放笑意。

「……諾倫的小弟弟還很有精神呢喵♥」

聲音很雀躍，甚至興奮到跟真正的貓兒一樣發出呼嚕聲都不足為奇的地步。

「我……想要諾倫的小弟弟……♥」

「我也想要米西雅的小妹妹喔！」

諾倫試圖撲到米西雅身上，她卻避了過去，還反客為主將他推倒。

「嗚哇!?」

「今天我要侵犯諾倫唷♥」

米西雅眼瞳露出妖異光彩壓到諾倫身上後，立刻用騎乘體位接納陰莖。

咕啾咕啾！

「喵呀♥小弟弟進來了喵♥」

又綿又鬆軟的火熱膣肉觸感令諾倫忍不住想要挺送腰部，卻被米西雅用大腿夾得牢牢地動彈不得。

米西雅混雜著甜美嘆息如此說道。

「不用動也行的♥喵呀♥我會讓你舒服的！」

「米西雅，這樣子沒辦法動啦……！」

她輕撫下腹部，膣穴內部變得敏感了。

「喵呀嗯♥能感到它在我裡面一跳一跳地顫抖呢♥」

米西雅接受諾倫的雄物。

（小弟弟的前端向上擠壓我的子宮入口雖然難受，不過小妹妹被塞得這麼滿讓我

好開心！）

米西雅俯視諾倫。

是因為沒辦法動而欲求不滿嗎，諾倫的表情都僵住了。

那副慾火難耐的神情令米西雅子宮收縮發出甜美痛楚。

「要動了喵♥」

米西雅將雙腿開成M字形後，立刻緩緩抬起腰部。

咕啾咕啾。

「呼喵啊啊啊啊啊啊嗯♥」

幾乎要讓人腿軟的熟成媚肉又麻又癢，肉穴被凸出的傘肉掏挖溢出蜜汁。

快感電流在全身迸射，身體發出陣陣微顫。

「米西雅，用不著這麼勉強自己也行的��⋯⋯」

「沒有勉強喵♥」

才剛覺得米西雅露出不滿表情，她又立刻變回陶醉的笑容。

「喵哈哈哈哈♥沒事的♥我會好好讓諾倫舒服的唷♥」

米西雅將重心移至上半身，一邊含著諾倫的陽具一邊擺出背脊後仰的姿勢，有

如讓上半身躍動般上下套弄。

「米、米西雅��⋯⋯咕嗚!?」

不是大幅度地移動，而是用小幅度的動作將諾倫玩弄於股掌之間。

「諾倫的小弟弟刺到我的深處了好棒唷♥」

「米西雅好像要溶化般的小妹妹觸感我感覺到了！縮得非常緊……好像要咬斷小弟弟了！」

「我要吃掉諾倫的小弟弟♥」

「米西雅，我差不多可以自己動了吧？」

「不行～♥都說由我來做了♥」

「是、是這樣沒錯啦……不過我果然還是想動一動讓米西雅舒服呢……」

諾倫吞吞吐吐地說道。

這幅光景很溫馨，米西雅不由得露出笑容。

諾倫感到困惑。

（喝醉的米西雅跟平常完全不一樣，不是只有開朗而已！）

不過這樣的米西雅色色或許也很棒。

如此心想的下個瞬間，米西雅忽然停止腰部的動作。

喝醉的米西雅用迷濛眼眸溫馨地眺望諾倫。

「諾倫，覺得舒服嗎？」

「非常舒服喔。」

「欸嘿嘿～♥太好了♥」

「米西雅，我差不多可以動了吧？」

「欸嘿嘿，還不行～⋯⋯呀啊啊♥」

米西雅扭動身軀嬌喘。

諾倫捏住米西雅的乳頭。

「噫咿咿咿咿嗯♥」

乳頭遭到偷襲被壓迫，米西雅在一轉眼間衝上頂點，全身也跟著放鬆。

從大腿的束縛中得到解放後，諾倫拔出被收進深處的陰莖。

「啊啊啊啊嗯，諾倫♥突、突然這樣好過分唷♥」

「過分的人是米西雅吧！」

米西雅失去平衡，陰莖也順勢滑出。

「啊啊嗯♥滑掉了啦♥」

「米西雅沒事的，再放進去就行了唷。」

諾倫握住脈動著的硬物，一邊蓋到米西雅的身上，接著將前端緊緊貼住膣口。

「呼欸⋯⋯?」

米西雅發出傻乎乎的聲音，諾倫笑著對她說道:

「就這樣放進去也行，不過該怎麼做呢？」

「諾倫好過分！別吊人家胃口啦！」

「我只是在學米西雅喔。」

「嗚嗚嗚嗚……對不起我惡作劇了！諾倫不把小弟弟放進來的話……我會變奇怪的啦♥」

「……我也挺難受的，要插進去囉。」

「進來吧♥」

諾倫緩緩將勃起之物插入米西雅激烈地渴求著的膣穴之中。

咕啾咕啾……！

「啊啊啊啊啊啊嗯♥諾倫……♥♥」

米西雅在插入的同時迎來高潮，緊緊抱向這邊。

諾倫堵住米西雅的脣瓣，大幅度地前後搖動腰部。

啪啪啪！

「嗯嗯嗯♥諾倫，好舒服喔……♥」

米西雅用雙腿纏住諾倫的腰。

她主動扭著腰，享受諾倫的雄物。

「諾倫的小弟弟熱到好像會被燙傷一樣♥再刺深一點♥想要你咕啾咕啾地亂攪小

妹妹喵♥」

米西雅的蜜壺更加激烈地縮緊。

「米西雅！」

諾倫堵上米西雅的脣瓣重複露骨熱吻，一邊用雙手猛力搾取圓滾滾的硬挺乳頭。

「諾倫♥好棒♥舒服的地方被諾倫盡情玩弄好開心喵啊啊♥喵啊♥舌頭再多交纏

一下♥我想要好多好多諾倫的口水喵♥」

米西雅斷斷續續吐出的氣息既火熱又淫潤。

「米西雅的奶頭硬邦邦的呢。」

「嗯嗯♥從、從剛才就又麻又癢地受不了呢♥所、所以想讓諾倫替它止癢吶♥」

諾倫一邊激烈地熱吻，一邊握住乳頭。

「喵嗚嗚嗚嗯♥」

從鎖住陰莖的力道來看，可以知道米西雅發出嗚咽聲微微高潮了。

「要上囉！」

「呼欸!?」

諾倫用與至今相比截然不同的激烈腰部動作，來回亂攪米西雅的腟穴。

「諾、諾倫⋯⋯要去了♥」

米西雅露出慾火難耐的表情。

諾倫來回亂攪露出這種表情的米西雅的膣內。

咕啾！滋啾！滋啾！咕啾！

被掏挖出來的蜜汁一邊形成白泡，一邊弄髒交合的部位。

「諾倫！我正高潮著呢♥喵呀啊啊啊♥」

「事到如今停不住了啦！在我射精前忍著點！」

「噗行♥噗行♥噗滋噗滋地不斷被插的話，腦、腦袋會因為去過頭爆炸的

「喵～♥」

「啊嗯！」

諾倫又用力吸住米西雅的胸部。

滲出的汗水味道在嘴裡擴散，煽動情慾。

「又要去了♥」

「米西雅！」

米西雅的膣肉變得軟綿綿地吸住陰莖。

陰莖高高翹起。

「諾倫，射出來♥我、我不要一個人一直高潮喵……♥」

「一起去吧……嗚嗚!!」

諾倫朝米西雅膣內釋出精液。

「要去了♥要去了嗚嗚嗚嗚嗚♥♥」

噗嚕噗嚕地注入精種後，沒能完全容納下去的部分噗滋混濁聲一邊倒流出來。

「呼啊……♥啊啊……♥嗯嗯……♥」

諾倫抬起腰部拔出陰莖。

「諾、諾倫……♥」

然而諾倫的陰莖仍然很有精神。

「吊足了我的胃口，可別想就這樣結束唷。」

「呼欸!?」

米西雅被諾倫用力倒翻過來改變姿勢。

「諾倫!?這個是，什麼姿勢啊!?」

就算是喝醉的腦袋也能明白這個體位有多異樣。

「這叫做扛腿式體位。」

「嗚嗚⋯⋯好、好難受唷⋯⋯！」

「沒事的，等一下就會變舒服了。」

諾倫用依舊硬邦邦的腫脹硬物貫穿祕處。

「喵呀啊♥諾倫的小弟弟插進來了嗚嗚嗚嗚♥」

米西雅頭髮亂甩，雙腿亂踢。

在高潮尚未完全退去時再次插入，令米西雅的腦袋瞬間變得一片空白。

「嗯♥」

連腳尖都筆直地伸出。

（諾倫的小弟弟讓那邊像是被電到似地⋯⋯）

不是至今為止的普通插入。

「米西雅，要上囉。」

諾倫抬起腰部後，雄物滋嚕滋嚕地露出，用龜頭冠刮搔柔壁。

「呀啊啊啊啊啊啊嗯⋯⋯♥」

然後又插入男根。

「諾倫的小弟弟噗滋噗滋地進來了♥」

諾倫上下彈動腰部，愛情果汁一邊發出噗啾咕啾的混濁聲響一邊被掏挖出來。

「米西雅的小妹妹也吸了上來，腰停不住啊！」

「呼啊啊♥嗯嗯♥好、好厲害♥嗯嗯嗯♥」

「米西雅，這個姿勢有讓妳開心嗎！？」

「很、很開心！有、有多難受就有多爽♥」

「不過小妹妹倒是縮得很猛……！」

啪啪啪啪！

垂直抽送愈來愈激烈後，米西雅輕易地說出真心話。

「其實好舒服的♥只是不曉得為什麼會變得這麼舒服就是了啊啊啊啊♥」

在快感與木天蓼酒的效果下，產生全身像是在漂浮般的感覺。

身心都沉醉在悅樂之中，即便是用這種離譜的體位做愛，米西雅仍是心醉神迷了。

陰莖在祕肉中膨脹。

「諾倫，射出來♥不射出來是不行的♥」

「米西雅！」

射精氛圍變濃厚，抽送的勁道也跟著變緩，陰莖用力抵住子宮口。

陰莖失去餘裕，不斷微顫。

琦瑟一邊扭捏一邊喃喃低語「從、從一開始……」，讓發情的眼瞳露出迷濛目

「琦瑟!?妳醒了啊……話說妳是從哪邊開始看的啊!?」

耳熟的聲音讓諾倫與米西雅望向一旁。

「──呼啊……哥哥你們好猛……♥」

「嗯♥……」

「……好厲害呢，米西雅……」

諾倫拔出陰莖，一屁股癱坐在原地。

米西雅用仰躺的姿勢倒在地上。

祕裂處一邊發出咕啵啵的下流聲音，一邊精液倒流。

「米西雅……!」

即使已經射了好幾次，精種的量仍然非常多，像是要溺死人似的。

灌得滿滿的……喵啊～♥♥」

「喵啊啊啊啊嗚嗚嗯♥去了嗚嗚嗚嗚嗚♥諾倫的精液，有好多……肚、肚子被

「出來了!」

「呀啊啊嗯♥」

諾倫發出聲音後，在下個瞬間噗嚕嚕嚕嚕!地射精。

光。

「我也想做愛⋯⋯！」

「好、好吧！要努力了！」

「哥哥嗯啊♥」

諾倫推倒琦瑟。

第三章 兔耳美少女鄰居與教室角色扮演性愛

「呼～早上洗澡真舒服吶。」

在前一個世界裡雖然滿不在乎，卻不想讓兩個老婆覺得「你好臭！」，所以諾倫

在這種感覺下習慣了早上洗澡。

（雖然也是因為昨天做了好多次愛……）

一想起昨晚的事情，股間就感到脹痛。

（不妙！）

冷靜冷靜——諾倫如此說服股間。

早上米西雅出門工作，琦瑟則是一大早就在做家事，所以沒空做色色的事。

話雖如此，一個人寂寞地自慰對日也操夜也操的諾倫而言是做不到的。

（慾望就保留到晚上吧……！）

然而硬邦邦亢奮著的陰莖卻不太肯平息下來。

諾倫死心地發出嘆息。

（真沒辦法，去房間弄吧。）

諾倫晃著勃起的陰莖離開浴室──就在此時。

「唔!?」

諾倫停止動作。

琦瑟在脫衣間那邊。

琦瑟的視線注向諾倫的股間。

「…………」

「…………」

「呃，呃……琦瑟，家事加油囉！」

諾倫猛然回神有如連珠炮般講了這串話後，一邊壓著股間一邊有如逃跑般躲回自己的房間。

（不，再怎麼說也沒必要逃跑的！）

冷靜下來後，他發現自己對琦瑟的態度實在是太不自然了。

（而且股間也被看得一清二楚。糟、糟透了……！）

而且，即使在這種時候股間依舊腫脹硬挺。

（啊啊真是的！）

諾倫苦悶地扭動身軀時，門扉小聲地被敲響。

諾倫連忙用床鋪的床單纏住腰際，又開口呼喚「請、請進」後，門扉緩緩開啟。

「哥哥……」

「琦瑟，剛才那是……」

「請用這個。」

琦瑟遞出的是浴巾。

「我轉向後面喔。」

「謝……謝謝……」

「因為哥哥還沒把身體擦乾……我想說這樣會感冒。」

琦瑟將背部轉向這邊。

「抱、抱歉剛才嚇到妳了。」

諾倫一邊擦拭身軀，一邊向琦瑟道歉。

「不、不會的。我明明知道哥哥正在洗澡，真是不小心……」

琦瑟的狐狸尾巴用力甩動。

（琦瑟也太可愛了⋯⋯！）

老實說諾倫想來個惡虎撲羊，不過琦瑟正忙著處理家事，所以打擾她也令諾倫感到猶豫。

「哥、哥哥沒事吧？」

「嗯，多虧琦瑟拿浴巾過來⋯⋯」

「不、不是在說這個⋯⋯」

「嗯？」

「是小弟弟那邊⋯⋯」

「欸!?」

琦瑟意想不到的一句話令諾倫啞口無言。

「⋯⋯哎，算是，難受吧？啊哈哈哈哈。」

琦瑟轉向這邊。

「⋯⋯請讓我來處理。」

「呃可是，琦瑟還有工作要⋯⋯」

「讓、讓丈夫舒服也是太太的責任，所以⋯⋯」

琦瑟堅持地說道，掛在項圈上的心型裝飾也搖晃發出叮鈴聲。

「那我失禮了⋯⋯♥」

讓諾倫坐到床緣後，琦瑟拿掉床單，雄物咻的一聲變大裸露而出。

琦瑟跨到雄物上方，與諾倫面對面。

「琦、琦瑟⋯⋯？」

「哥哥的小弟弟硬邦邦的呢，是為什麼呢？」

「因、因為想起昨天的愛愛。」

「這、這樣啊。」

琦瑟嘴角放緩露出微笑。

「我來讓哥哥舒服囉。」

琦瑟紅暈上頰緩緩放下腰部後，陰莖蹭向祕處。

「嗚嗚!?」

琦瑟呼吸略微紊亂，前後扭動腰部。

溫暖觸感傳向腫脹勃起的陰莖。

「嗯嗯⋯⋯哥哥的小弟弟凹凸不平呢⋯⋯♥」

琦瑟露出慾火難耐的表情，卻還是持續扭動腰部，

從祕裂處滲出的愛蜜漸漸將陰莖弄得溼答答的。

「哥哥♥啊啊嗯♥呼嗯♥」

「嗚嗚！」

「舒、舒服嗎？」

「很舒服喔，琦瑟的小妹妹暖呼呼的⋯⋯還有溼滑汁液也是，琦瑟似乎也很快樂，我很開心呐。」

「是、是的⋯⋯♥」

琦瑟紅著臉頰低下頭。

「琦瑟，把臉抬起來。」

琦瑟由下而上，怯生生地望向諾倫。

諾倫堵住琦瑟的脣。

「嗯嗯⋯⋯♥」

琦瑟略下垂的眉毛倏地一跳。

她將身體倚向這邊。

「嗯啾♥啾嗶♥呼啊♥哥哥⋯⋯♥」

琦瑟積極地動著舌頭，在諾倫嘴裡來回攪動。

諾倫也讓舌頭互觸，回應琦瑟積極的舌頭動作。

琦瑟雖然積極、卻又有些膽怯的舌頭動作令諾倫欣喜，在這段期間依舊努力扭

腰的模樣也令人心生微笑。

諾倫一邊跟琦瑟接吻，一邊緊擁她。

「呼啊啊♥」

琦瑟發出屄弱聲音露出嬌媚模樣。

娃娃臉表情紅噗噗的，眼眸泛出水光。

「哥哥⋯⋯♥」

琦瑟抱了過來。

她一邊緊擁，一邊奮不顧身地扭動腰部，用祕處蹭向陰莖。

「琦瑟，好舒服。」

「我、我也，很舒服♥」

諾倫移開唇瓣，琦瑟「啊啊♥」的發出意猶未盡的聲音。

她愛憐地眺望架在兩人之間的絲線橋梁。

「還想要？」

諾倫如此搭話後，琦瑟點點頭。

「是、是的♥」

這次是琦瑟主動堵上脣瓣。

為什麼會表現得如此積極呢？琦瑟也被自己嚇了一跳。

（……或許我就是這麼喜歡哥哥吧♥）

在浴室撞見諾倫，又目睹他變大的陰莖。

之所以無法立刻做出反應，是因為她沒有立刻想到該怎麼做才好。

她覺得悶到不行。

因此才製造了一個拿浴巾過來的理由，來到諾倫身邊。

身為太太，她想為諾倫做點什麼。

（獨占哥哥了♥跟米西雅還有哥哥一起做愛雖然也很開心又快樂……不過，自己一個人的時候也……♥）

琦瑟強忍不由得變鬆的嘴角，堵上諾倫的脣瓣。

不是有如小鳥輕啄般的吻，而是舌頭交纏令身體酥酥麻麻的性感之吻。

接吻的做法全是諾倫教的。

不只是接吻，連怎樣做愛的事情也是。

「哥哥♥喜歡♥」

「琦瑟，壓住陰蒂。」

「欸!?」

雖然是自己主動跨坐在陰莖上的，她還是不由得發出吃驚叫聲。

「不行嗎?」

被諾倫這麼一說，琦瑟沒來得及細想就搖搖頭。

「明、明白了♥」

琦瑟點點頭，有如要用陰蒂壓住陰莖般擺出前傾姿勢。

「噫啊啊啊啊啊啊嗯♥」

摩擦到陰核的瞬間，全身迸射出令人目眩的快感電流，緊接著又在轉眼間攀上頂點。

「嗯嗯嗯嗯嗯♥♥」

雖然上氣不接下氣，她仍是再次擠壓陰蒂。

「是、是的♥我，沒事的♥」

「琦瑟，沒事吧?」

她一邊讓狐耳與尾巴一抽一跳地微顫，一邊衝上頂點。

（陰、陰蒂果然比其他地方要敏感太多了❤）

琦瑟全身一軟，諾倫牢牢地抱住她。

不過身為諾倫的太太，老是撒嬌是不行的。

「對、對不起，只有我一直去……❤」

「妳非常努力，我很開心喔。那麼，接下來輪到我加油了。」

「欸……？」

就在琦瑟張大嘴巴感到吃驚時，諾倫從琦瑟雙腿中間拔出男根。

「來做愛吧。」

「哥哥……呼啊啊啊❤」

陰莖滋嘆滋嘆地插入膣內。

「啊啊啊啊，哥哥的小弟弟，進到深處……❤」

腦袋變成一片空白。

琦瑟將嬌小身軀大大地向後仰，一邊高潮了。

諾倫用陰莖前端使勁一塞，讓琦瑟「啊啊❤啊啊嗯❤」地嬌喘，一邊把她的上半身放到床上。

她下意識地用雙手緊揪床單，將它抓皺。

「哈哈，琦瑟覺得舒服我好開心呢。」

「即使如此……還是好害羞……♥」

「為什麼？這表示琦瑟就是這麼舒服啊？」

琦瑟羞答答地用雙手摀住臉龐。

「不、不要啦！請別說這種事！」

「琦瑟妳看，沾到床單上的黑色水漬全是琦瑟的蜜汁唷？」

飛沫濺出，在床上弄出水漬。

「哥、哥哥……♥」

諾倫來回亂攪吸上來的膣肉，努力讓琦瑟舒服。

琦瑟的祕處咕啾咕啾地融化。

自從得到琦瑟的第一次後明明也做過無數次愛，私密處卻還是跟處女那時一樣緊緻。

諾倫把手放上琦瑟的腰，開始推送腰部。

「沒必要在意喔，之後我會弄整齊的，琦瑟只要好好享受性愛就行了唷。」

「哥、哥哥對不起，我把床鋪弄得亂七八糟了……♥」

「那、那是因為……哥哥的床上功夫很棒……」

琦瑟用細不可辨的聲音回答。

「謝謝，琦瑟的小妹妹很舒服，所以我才能努力下去唷。」

「真、真的嗎？」

「當然！」

諾倫大動作地推送腰部。

「啊啊啊啊啊啊嗯♥」

「琦瑟，讓我看臉。」

他堵上琦瑟的脣瓣，來回攪動她溼潤的裂縫。

諾倫移開蓋住臉龐的手，琦瑟眼波豔麗地流轉著的臉龐就在那兒。

「哥哥……嗯嗯♥」

琦瑟醞釀出甘美香氣——費洛蒙。

諾倫親吻琦瑟的身軀吸吮汗珠。

「哥哥♥不可以聞氣味啦♥」

「很香唷？」

諾倫左右輪流吸吮乳頭，琦瑟嬌媚的身軀一抽一跳地做出反應。

「哥哥♥好癢好癢喔♥哥哥，不行♥」

剛開始時她雖然表示會癢，呼吸卻漸漸變得紊亂，聲線也變尖細了。

諾倫吸舐腋下。

在白嫩柔膚上留下紅色痕跡，增添豔麗感。

「哥哥♥啊啊啊啊嗯」

琦瑟的祕處收縮，快感電流竄過諾倫的腰際。

諾倫咬緊牙根忍耐，舔拭讓琦瑟做出強烈反應的腋下。

「那、那邊很髒的♥真的不行啦♥」

琦瑟表示拒絕，但聲音感覺起來並不像是真心在抗拒。

「哥哥♥啊啊♥請饒了我♥」

「被縮得這麼緊，讓人欲罷不能吶。」

「嗯嗯嗯嗯♥哥哥……♥」

琦瑟忽然用雙腿夾住諾倫的腰。

「嗚嗚!?」

突如其來的舉動令諾倫身軀一僵。

「我要努力讓哥哥覺得舒服……！」

「琦瑟，妳突然這樣是怎麼了!?」

「只是在模仿哥哥的行為而已♥」

琦瑟露出隨時會對快感舉白旗投降的表情，卻還是扭腰壓迫著陰莖。

「咕嗚嗚!?縮得這麼緊會⋯⋯!?」

「也請哥哥快點變舒服吧⋯⋯♥」

琦瑟表現出來的積極扭腰動作令諾倫忍耐著的事物決堤了。

「哥哥♥」

「嗚！要出來了嗚嗚嗚!!」

朝琦瑟的深處釋出精液。

「哥哥熱熱的東西進來了♥啊啊！要、要去了嗚嗚嗚嗚嗚嗚嗚♥」

琦瑟純潔無瑕的表情染上雌性的喜悅，華麗地衝上頂點。同一時間──

「呼啊，不、不行♥」

「琦瑟，怎麼了!?」

「要漏出來了⋯⋯♥噫咿咿咿咿咿咿嗯嗯♥」

嘩啦啦啦!!

琦瑟盛大地潮吹。

「呼啊……♥啊啊……♥對、對不起……♥」

「欸？為什麼要道歉呢？」

「床單被弄得溼答答了……」

琦瑟淚眼汪汪地微微發出「嗚欸欸～」的聲音，頭也垂了下去。

諾倫緊擁這樣的琦瑟，用手帕拭去淚水。

「哥哥……？」

「兩人一起收拾吧，或許我也做得太過火了，好嗎？」

「可是居然要讓哥哥幫忙，這跟買東西不一樣，是打雜的說……」

「因為我想這樣做，好嗎？可以的吧？」

「好、好的……既然哥哥這樣說♥」

「我是丈夫，這是理所當然的事情嘛。」

「感激不盡♥」

琦瑟總算綻放笑顏。

（……好閒。）

諾倫在家看家。

米西雅去工作，琦瑟則是去市場購物。

諾倫閒著沒事幹所以在看書，字卻讀不進腦袋裡。

（琦瑟怎麼還不快點回來呢。）

想著這種事情時，門扉咚咚咚地被敲響了。

「來了。」

諾倫去應門後——

「你好～」

「拉比梅亞，請進！」

「咦？葛格你笑得很開心呢？有好事發生嗎？」

（唔，還是一樣大。）

諾倫一邊把拉比梅亞請進門，一邊在心中思考這種下流的事情。

拉比梅亞是住在隔壁的女性。

她的特徵是一頭及腰的銀色長髮，以及從秀髮中跳出、比髮色還要淡的銀色兔兔耳。

還有一跟她面對面就會不由得盯著瞧、有如要撐爆無袖罩衫的胸部。

沒錯，拉比梅亞是兔女孩。

諾倫很愛米西雅跟琦瑟，也最喜歡她們兩人，然而巨乳的魔力卻依舊特別。

胸部搖來晃去，簡直像是布丁般乳搖著。

諾倫在廚房那邊將草莓果汁倒進玻璃杯，將它遞給拉比梅亞。

雖然因這種事而害臊，諾倫卻已經跟拉比梅亞上過床了。

「欸！不，呃……啊哈哈哈～」

「請喝。」

「謝謝葛格♪她們兩人呢？」

「米西雅去工作，琦瑟去買東西。拉比梅亞過來這裡真是太好了，我沒事幹正閒得發慌呢。」

「──欸，葛格你在看哪裡啊？」

會因為拉比梅亞像這樣造訪而感到開心是有理由的。

要說的話除了打發時間，還有另一個理由。

其實拉比梅亞也跟諾倫一樣，是轉生來到這個世界的。

拉比梅亞在之前的世界裡也是女性。

她有著愛看動漫的阿宅興趣，喜歡畫插圖跟在家裡玩角色扮演。

「葛格似乎還不夠適應這邊的世界呢。」

「畢竟沒網路就無法打發時間吶……拉比梅亞沒有這種時候嗎？」

「嗯，我會製作 cos 服再拿來穿，所以並不覺得特別閒吧。」

「是嗎？」

「葛格會懷念原本的世界嗎？」

「不特別懷念吶，畢竟這裡有米西雅跟琦瑟……」

「人家有時候會懷念喔？」

「懷念什麼地方？」

「學校吧。我們高中是西式制服，而且還很可愛，甚至可愛到人家去念那間學校的地步唷。唉，當時很開心呢♪──葛格的學生時代如何？」

「沒有可以稱之為回憶的回憶吶，像是跟朋友聊天……而且我又是回家部的……不過我從當時就很喜歡偶像喔。我會去打工，然後在休假日跑去看偶像的演唱會。用社群網路跟在那邊認識的人分享情報，或是開線下聚會……」

「嗯♪嗯♪有興趣是好事呢♪人家也會在網上跟志同道合的朋友們聊天吶。」

「嗯嗯。」

「──話說，有女友嗎？當學生時。」

「這、這個……」

突如其來的問題讓諾倫輕輕移開目光。

葛格老是在床上讓米西雅親跟琦瑟親唉唉叫吧？學生時代應該很受歡迎之類的？」

「一點也不！而且我在當學生時也沒女友……」

「喔──」

拉比梅亞用懷疑目光望向這邊。

「拉比梅亞才是，一下子就勾引我……是經驗豐富嗎？」

「人家也是沉迷於興趣之中，所以沒體驗過這種性感的校園生活喔……」

「原來如此，跟我是半斤八兩呢。」

「如此一想的話，我們很有緣分呢。興趣相同……而且也都是轉生者。」

「對了，拉比梅亞是自己做 cos 服的話，不能縫製高中制服嗎？」

「制服的？」

「因為妳喜歡那間高中的制服對吧？既然如此，我想說這種事應該可以有才對……」

拉比梅亞思索半晌後低喃「或許不錯」。

「是為什麼呢，葛格這樣說之前我完全沒注意到。」

「是嗎?」

「欸,告訴人家葛格學生時代的制服是怎樣設計的?」

「為什麼?」

「別管嘛。」

「我們學校是立領制服喔。底下是白襯衫搭配黑長褲……」

「原來如此,是經典樣式呢。明白了,那人家回去囉。」

「已經要回去了?」

「嗯,因為人家突然有急事要做♪」

拉比梅亞高興地搖晃耳朵,一邊離開室內。

(是怎樣了啊?)

諾倫啞口無言地目送拉比梅亞的背影離去。

幾天後,諾倫一如往常獨自看家,此時有客人來訪。

「來了。」

打開門扉後,拉比梅亞出現在那兒。

「拉比梅亞,妳好。」

「你好，欸，現在是一個人嗎？」

「嗯，又要像先前那樣陪我聊天嗎？」

「要不要做比那個還要開心的事情？」

「意思是……」

諾倫不由自主吞了一口口水，所以被拉比梅亞笑了。

「總之先來我家。」

諾倫被拉比梅亞拉著手臂來到她家。

被她帶到客廳的椅子上坐下後，還被她誇張地用手帕遮住眼睛。

「呃……接下來會發生什麼事，我超級害怕的耶……」

「放心，不會把葛格抓起來吃掉的，畢竟兔子是草食動物嘛——這是要實現雙方的心願。」

沙沙沙的衣服摩擦聲傳入耳中。

「你說呢——♪」

「拉比梅亞，妳在換衣服嗎？」

心臟撲通撲通地狂跳。

也是因為眼睛被遮起來的關係嗎，聽覺變得很敏感。

「好，可以囉。替你拿掉遮眼布。」

拿掉遮眼布後，跳進視野內的光景令諾倫倒吸了一口涼氣。

拉比梅亞一副焦糖色西裝制服的打扮。

西裝制服外套的胸口是校章。

格子裙的長度到大腿的一半，白色襯衫的胸口有著紅色緞帶蝴蝶結。

至於腿那邊，也穿著繡有校章的黑色長襪。

「如何？」

「喔喔……」

拉比梅亞得意地搖晃得筆直的兔耳，以右腳為軸心在原地轉了一圈。

在那個瞬間，格子裙輕盈地揚起。

諾倫不由自主盯著那邊猛瞧，所以被拉比梅亞笑了。

「不過，不是只有這樣喔。」

「還有其他東西嗎？」

「有禮物要送給葛格，登登——！」

「喔喔！」

諾倫打從剛才就像忘記怎麼說話似的，只能一股腦地發出感嘆聲。

拉比梅亞展示的是，吊在衣架上的立領制服。

「好厲害唷！」

「葛格把這個穿上吧。」

「謝謝！」

諾倫開開心心地穿上立領制服。

「好厲害！連尺寸都剛剛好！」

「呵呵，上次色色完後，人家趁葛格睡著時偷偷量過尺寸呢♪」

「是在何時……那麼……」

諾倫試圖親吻，卻碰了一個軟釘子。

「呵呵♥別哭喪著臉嘛♥──難得有這個機會，更有氣氛一點比較好吧？」

「更有氣氛？還能弄出更多氣氛嗎？」

諾倫跟在拉比梅亞身後進入室內。

「教室!?」

這裡擺著兩張教室的課桌椅，其中一面牆壁貼著模仿黑板的布，上面還畫了插圖。

黑板角落的值日生欄裡，並列地寫著諾倫跟拉比梅亞的名字。

116

「好厲害喔！」

「是吧？坐下來看看。」

諾倫坐到椅子上，拉比梅亞坐到前面的位置。

「真的跟學校一樣！想不到居然連這種東西都準備好了！」

就在諾倫沉浸在感慨中時，拉比梅亞握住他的手。

諾倫與拉比梅亞四目相接。

「葛格♥」

嘴脣被拉比梅亞堵上。

「嗯嗯！」

最初只是輕啄般的吻，舌頭卻漸纏繞上來。

只是互相接觸的吻不斷被亢奮感驅使，貪婪地品嘗彼此的舌頭。

「嗯啾♥啾嗶♥嗯嗯嗯♥葛格♥」

「拉比梅亞的舌頭好舒服。」

拉比梅亞忽然移開脣瓣。

「第一次在教室接吻呢♥」

「我也是⋯⋯」

「穿著制服接吻，感覺很不可思議呢。」

「嗯，感覺很不平常。」

諾倫脫下拉比梅亞的西裝制服外套。

就在此時，被胸部高高撐起的襯衫跳進眼簾。

諾倫咕嘟一聲吞了一口口水。

「葛格真是下流呢♥」

「嗯，因為拉比梅亞的胸部，好猛……」

「呵呵♥人家喜歡率直的人喔♥」

拉比梅亞一邊取笑諾倫，一邊由上而下依序解開他立領制服的鈕釦。

立領制服下方的襯衫裸露而出後，拉比梅亞把那邊的釦子也解了開來，讓前面敞開。

拉比梅亞觸碰胸膛。

諾倫身軀倏地一震，拉比梅亞發出輕笑。

「像這樣再次觸碰，真的覺得葛格還挺壯的呢♥所以才能把米西雅親跟琦瑟親迷得團團轉呐♥」

拉比梅亞用嬌豔視線望向這邊。

那股妖媚氛圍令背脊發毛。

「欸，學長♥」

「欸？」

「能跟學長做這種事，我覺得非常高興呢。」

察覺到拉比梅亞的企圖後，諾倫點點頭。

是學長學妹的玩法。

「能跟拉比梅亞這樣兩人獨處，我很開心喔。」

「呵呵♥明天可以跟大家炫耀了♥」

拉比梅亞的兔耳愉快地輕搖。

「學長♥」

兩人再次接吻，這次從一開始就是深吻。

「嗯啾♥啾嚖♥舔舔♥嗯嗯♥」

諾倫節奏感十足地爬上舌頭編織牽絲般的聲音，一邊觸摸強烈地主張著自我的胸部。

「嗯♥」

拉比梅亞發出帶有鼻音的苦悶聲。

（拉比梅亞的胸部好猛！只是摸一摸好像就會讓人沉迷不已！）

簡直像是剛烤好的麵包般蓬鬆，隔著襯衫用指尖稍微輕壓，立刻就會被彈回來。

「嗯，學長真的很喜歡胸部呢♥」

「嗯，特別是拉比梅亞的胸部喔。」

「呀唔嗯♥學長♥」

「嗚嗚!?」

諾倫雙肩倏地一震。

拉比梅亞在摩擦股間。

「呵呵♥學長興奮到好像要脹爆了呢♥」

「因為看到好像拉比梅亞的胸部。」

諾倫解開拉比梅亞的襯衫釦子後。

「唔！」

沉甸甸的胸部有如彈跳般滿溢而出。

乳肌有如奶油般雪白，尺寸雖大，卻絕對不會被重力擺布，乳頭的位置很高。

乳頭染得紅通通的，堅硬地勃起著。

更重要的是，一旦深陷其中就無法逃脫的深邃谷間。

連寫真偶像都相形失色的胸部，讓人不由得緊盯著不放。

「學長，可以吸唷♥」

「拉比梅亞！」

諾倫將臉龐埋進拉比梅亞的胸部後，顏面被溫柔地裹住。

軟綿綿的觸感與彈力感。

還有刺激鼻腔的汗味與甜美費洛蒙。

「學長真是的，簡直像是小嬰兒不是嗎♥」

「不管是怎樣的人，只要遇見拉比梅亞的胸部都會變成小寶寶唷。」

「不過，實際上我也只把胸部露給學長看而已呢♥」

諾倫吸住右乳頭。

「啊啊啊啊啊啊啊」

乳頭硬邦邦地腫脹著，觸感棒到極點。

諾倫讓她向後仰起背脊顫抖，椅子咔噠咔噠地發出聲響。

真的像是嬰兒般，啾啵啾啵地吸著。

「啊啊啊嗯♥學長真是的⋯⋯♥」

拉比梅亞抱住諾倫的頭，溫柔地輕撫。

這樣很舒服，諾倫更加用力地吸吮乳頭。

「嗯嗯嗯♥」

拉比梅亞發出甜美的啜泣聲。

諾倫也吸住左邊的乳頭。

「學長真的是胸奴耶♥」

拉比梅亞也很喜歡被吸乳頭吧♥」

「嗯♥……是、是的♥啊啊啊啊嗯♥學長，不要用牙齒咬啦♥」

拉比梅亞愉悅的聲音帶有熱氣。

諾倫一邊進攻乳頭，一邊讓手指深陷胸部更進一步地揉捏。

「啊啊啊嗯♥」

「看吧，我要繼續又咬又擠的囉……嗚嗚!?」

從容不迫的諾倫發出呻吟。

腰際竄出甜美電流。

「學、學長的，也得玩弄一下才行呢……♥」

拉比梅亞紅著臉頰如此低喃。

隔著長褲被套弄擠壓——暴露在刺激之中。

與性愛相比雖然只是微不足道的舉動，不過要讓人慾火焚身仍是綽綽有餘。

「⋯⋯學長，請說你想被玩弄這裡♥」

「想、想被玩弄。」

「被誰呢？」

「被拉比梅亞玩弄。」

諾倫輕易地對拉比梅亞舉了白旗。

每次吸吮胸部，拉比梅亞都體會到子宮緊縮發疼，身體也漸漸帶有淫靡熱氣。

（來讓葛格好好爽一下吧。）

拉比梅亞用舌頭舔嘴唇──

「那麼學長，要從褲子裡拿出小弟弟囉？」

一邊如此提問。

「⋯⋯拜託了。」

拉開拉鍊後，升起帳篷的內褲跳了出來。

帳篷頂端因忍耐汁而淫答答黏呼呼的。

（小弟弟變得硬邦邦了♥這樣或許會很難受呢♥）

拉比梅亞從內褲的接縫處拉出陰莖。

「啊啊……♥學長，好猛……♥」

拉比梅亞發出甘美嘆息聲。

裸露而出的雄物青筋爆起又凹凸不平的，裸露的龜頭冠因忍耐汁而溼潤。

拉比梅亞不由得看得入神。

「拉比梅亞，妳不會在吊我胃口吧？」

「呵呵，怎麼說呢♥現在就讓學長舒服哼♥」

拉比梅亞用手指纏繞簡直像是燒紅熱棒般的陽具。

「嗚嗚……！」

「學長，好猛♥又熱，又硬邦邦的……人家愈來愈發情了♥」

「拉比梅亞的手冰冰涼涼的好舒服……」

「討厭啦，學長♥不是人家的手很冰，而是學長的小弟弟太燙了。忍耐汁也很

猛♥」

「嗚嗚！」

雖然呼吸有些急促，拉比梅亞仍是緩緩套弄起陰莖。

諾倫露出沉醉在快感中的表情。

（葛格陶醉在人家的手技之中！）

拉比梅亞感到欣喜，打從最初就激烈地套弄。

「一抽一抽地微顫好可愛♥」

將忍耐汁也一同套弄下去後，咕啾咕啾的情慾水聲響起。

「呵呵，尿尿的洞在微微發抖♥快要出來了嗎，學長？」

「怎、怎麼可能……啾嗯！」

「怎麼這麼突然……呼啊啊啊啊嗯♥」

被諾倫吸住右乳頭一邊用牙齒輕咬，拉比梅亞在轉眼間衝上頂點。

「去了♥」

「很高興妳去了呢，拉比梅亞。」

「嗚嗚，人家明明想讓學長高潮的說。」

拉比梅亞用力握住陰莖。

「拉比梅亞，抱歉。」

「不、不行♥不原諒學長♥」

拉比梅亞不由分說地動著手。

「拉比梅亞……！」

諾倫緊咬牙根試圖忍住不射精，卻還是咻咻咻勁道十足地解放樹液。

「呼啊啊啊嗯嗯……♥」

猛烈噴出的岩漿灑落拉比梅亞全身。

精液滲進制服，熱度傳向這邊。

「好燙……♥」

舒暢感令拉比梅亞下腹部微微發顫。

「抱歉，明明是好不容易才做好的制服……」

「沒關係的，學長。」

拉比梅亞軟言安慰慌張的諾倫，然後眺望他微顫的雄物，那東西依舊瞪視著天花板。

「呵呵」

拉比梅亞用指尖輕彈雄物。

「嗚！」

「學長還幹勁十足呢♥」

拉比梅亞露出惡作劇的笑容。

「因為拉比梅亞的手好舒服。」

「這樣說人家好開心♥……啊，忘了這個♥」

拉比梅亞讓舌頭爬上勃起硬物。

「要好好把這邊弄乾淨才行♥舐舐舐♥嗯啾♥」

她有如描邊般讓舌頭爬在男根上，乾乾淨淨地舐掉髒汙。

光是嗅聞樹液熱烘烘的氣味，就讓腦袋核心傳出甜美的麻痺感。

（葛格的精液，濃度跟氣味果然都是最棒的……！想不到來到這個世界後會如此

沉溺於性愛之中，自己也嚇了一跳呢♥）

拉比梅亞心無旁騖地吸吮。

拉比梅亞的掃除口交令人麻酥不已。

「嗯嗯♥素嗎？舐舐♥學長覺得舒服人家好開心呢♥」

拉比梅亞用舌頭舐掉沾到下嘴脣的精種殘渣。

雄物一邊抽搐搏動，一邊滴下新的忍耐汁。

「拉比梅亞，非常舒服喔♥」

「拉比梅亞。」

「怎麼了？」

雖然看穿對方的心思，拉比梅亞仍是佯裝不知地如此說道。

「差不多可以了吧？」

「學長想做什麼呢？不好好說出來人家不曉得唷？」

拉比梅亞坐到桌上，雙腿交叉。

微微露出的灰白色內褲讓人臉紅心跳。

被諾倫狂吸過的胸部豔麗地乳搖彈跳。

「想跟拉比梅亞做愛！」

「人家也……想跟學長做，呢♥」

拉比梅亞緩緩拎起格子裙，露出內褲強調它的存在。

「拉比梅亞！」

「嗯嗯♥」

諾倫隔著內褲撫摸小妹妹。

拉比梅亞露出慾火難耐的表情。

兔耳微微倒向後方。

諾倫隔著內褲移動手指輕撫肉縫，啾嚕……地滲出淫靡的黑色水漬。

裂縫貼住內褲，線條跟著浮現。

「拉比梅亞看起來很從容，卻也跟我一樣想做愛到不行呢。」

「……這、這種事……噫咻咻咻咻嗯♥」

拉比梅亞過敏地做出反應。

她隔著內褲被觸碰陰核一帶。

「剛才稍微去了一下吧？」

「學長，別這樣欺負人家嘛……♥」

仿照教室布置的房間、桌子，還有黑板。

感覺就像是真的在教室做色色的事情似的。

諾倫將鼻子湊向拉比梅亞皺巴巴的內褲。

拉比梅亞慌張地拉下裙子遮住。

「不、不要！」

「嗯，好香。」

「為什麼要遮起來呢？」

「那、那是……」

「不過拉比梅亞怕羞的地方我也很喜歡唷。」

「不對，不是這樣子的……！」

慌張的模樣也很可愛。

「明白了，我不會再聞氣味的，讓我看小妹妹。」

「……約好了喔♥」

拉比梅亞的兔耳倒了下去。

被聞氣味就這麼不好意思嗎？

內褲再次露出，諾倫把手放上去將它褪去。

咕啾。

貼住祕處的內褲被脫下，淫靡水聲響起。

裂縫處的鮮紅色膣肉裸露而出，膣穴一抽一抽地頻頻微顫。

「拉比梅亞的小妹妹好漂亮呢。」

「學長的小弟弟也有夠棒……！」

諾倫將臉龐湊向祕處，吸舔溼潤的膣肉。

「啊啊啊啊嗯♥」

「有一點小便的氣味……」

「學長!?」

拉比梅亞試圖拉下裙子，諾倫卻立刻吸吮陰蒂。

「噫咿啊啊啊啊啊啊啊啊嗯嗯♥♥」

拉比梅亞甩亂美麗銀髮，讓跟西瓜一樣大的胸部大膽地彈跳，一邊感動至極。

噗咻噗咻……她微微潮吹。

「拉比梅亞也很有興致在教室裡做愛呢。」

「當、當然囉嗚嗚……♥」

拉比梅亞似乎還在高潮中，圓滾滾的眼瞳露出迷濛目光。

「妳好像還在去呢，這種時候得小心地玩弄才行呢。」

「現在不行♥呼啊啊♥」

諾倫緩緩插入右手的食指，一邊剝開包皮親吻露出核心的陰蒂。

「不、不行親人家的小妹妹啦♥」

拉比梅亞出聲抗議，不過到頭來還是只能委身於諾倫的指尖。

溫暖又柔軟的膣壁吸住手指。

比起被縮緊，感覺更像是被溫柔地裹住。

「啊啊啊啊，學長的手指在人家裡面亂攪♥好淫蕩♥大家明明都努力地進行社團活動，我們卻在教室做這種禁忌的行為……♥」

「我們也是在努力做愛喔？」

「完、完全不同嗚嗚嗚♥」

拉比梅亞身軀一震，坐在下面的桌子發出咔噠聲響搖晃著。

「變得更加舒服吧！」

被掏挖出來的蜜汁在膣口附近發出咕啾咕啾的渾濁聲音，一邊冒出白泡在祕處

四周擴散。

熱烘烘的雌性氣味充滿整間教室。

「學長♥學長♥」

「愛液的量好猛吶。」

諾倫啾嚕嚕嚕地啜飲溢出的蜜汁。

「噫啊啊啊啊啊嗯♥學、學長，不可以吸蜜汁啊啊啊♥」

拉比梅亞手腳伸得筆直，一邊衝上頂點。

「拉比梅亞好敏感呢，居然這樣就去了。」

「啊啊♥學長是變態……♥」

「現在才發現啊。」

諾倫死纏爛打地不斷吸吮。

「呼啊啊♥啊啊啊♥學長，人家還在高潮著呢♥一邊被吸蜜汁一邊去個不停

呐♥」

拉比梅亞眼尾浮現淚珠，露出難耐神情。

「不、不行♥明明正在去的說，又要去了♥被學長用手指在小妹妹裡面亂攪一邊去了♥」

軟綿綿的鬆軟蜜肉壓迫感變得更強。

是有如要咬斷手指般的強烈收縮感。

諾倫將手指彎曲成鉤狀，刮搔柔肉。

「嗯嗯嗯嗯嗯……♥」

拉比梅亞一邊沉溺在快感中，一邊攀上頂點。

她失去平衡差點跌落桌面，諾倫撐住了她。

「去得真猛呐。」

「……學長♥再、再怎麼說這也太過火了啦♥」

過分強烈的快感令拉比梅亞露出快哭出來的表情，喃喃吐出怨言。

「抱歉，不過妳表現出來的反應實在太棒……」

「學長，人家已經……♥」

拉比梅亞軟軟地垂下兔耳，一邊做出媚態。

「拉比梅亞，想做什麼清楚地說出來？」

「真、真是的，想要做愛啦♥」

「我也是！」

諾倫將硬邦邦挺立著的陰莖抵住拉比梅亞的祕處。

「學、學長♥」

拉比梅亞用雙手抵住桌子，將屁股用力向後翹。

祕裂處滲處黏稠愛液。

拉比梅亞輕輕搖晃兔子尾巴。

諾倫使勁緊握拉比梅亞倒心型的肉感屁股。

「嗯……♥」

「屁股軟綿綿的呢，要上囉。」

「學長，進來吧！」

諾倫一邊聽著拉比梅亞激情又慾火高漲的聲音，一邊用背後體位將腫脹雄物埋入祕處。

「噫咿咿咿咿咿咿咿咿咿嗯嗯♥♥」

拉比梅亞苦悶地扭動身軀。

她肉感十足的曲線微微泌汗，美麗的銀髮豔麗地纏在豐滿身體上。

諾倫滋的一聲刺進最深處。

「學、學長的小弟弟頂到盡頭了嗚嗚嗚♥」

沉重胸部配合腰部動作，有如鐘擺般前後搖晃，令汗滴飛濺四散。

淫潤柔肉含住陰莖。

「嗚……！」

諾倫臉龐一僵。

「拉比梅亞的小妹妹果然棒極了，就像被吸進去似地……」

「學、學長的小弟弟很猛，人家才變得這麼淫蕩的♥」

諾倫有如用腰部拍擊般讓肉感十足的蜜桃臀彈跳著。

「噫咿咿咿咿咿嗯」

諾倫將陰莖拔出至要脫落又還沒脫落的地方，再一口氣插入。

「被學長的小弟弟粗粗地刮削著♥」

啪啾！啪啾！啪啾!!

諾倫強而有力地前後推送腰部，每次令屁股彈跳，臀肉就會軟綿綿地搖晃。

諾倫用激烈的腰部動作攪動祕處。

「啊啊嗯♥啊啊啊♥噫咿♥嗯嗯嗯♥啊啊啊啊啊啊嗯♥好猛♥被小弟弟咕啾咕啾地攪來攪去嗚嗚♥」

愛情果汁每次遭到攪拌，背脊就會掠過麻酥酥的快感顫抖。

「拉比梅亞的小妹妹好熱！」

「因為人家就是這麼興奮嘛♥」

拉比梅亞配合諾倫的律動扭動腰部。

就在此時，手放上胸部。

「學長♥」

手指嵌進胸部，有如捏麵糰似地揉捏。

鮮明的快感電流爆射，拉比梅亞微微高潮了。

「拉比梅亞的胸部軟綿綿的，揉著揉著就會讓人陶醉不已！」

「嗯嗯♥光是被學長用大手亂揉，腦袋就會暈沉沉的了♥胸部變得全是學長用手捏過的痕跡……噫咿咿咿咿嗯!?」

乳頭突然被捏住，腦袋變得一片空白。

「再、再把小妹妹多亂攪一些♥」

蜜汁溢出弄溼地板。

諾倫也發出苦悶聲音，一邊用陰莖壓迫子宮口。

就在下個瞬間耳朵被輕撫，拉比梅亞全身起雞皮疙瘩。

「學長!?」

「拉比梅亞的耳朵好美呢，毛也鬆鬆軟軟的摸起來好舒服喔。」

「等一，不、不行⋯⋯♥」

「耳朵被摸有快感嗎?」

「不是這樣的⋯⋯好癢⋯⋯♥」

雖然自己也搞不太清楚，不過有如輕撫般觸碰敏感的耳朵內側讓拉比梅亞感到

困惑。

「不、不行啦♥」

「小妹妹縮得更緊了，很舒服吧?」

「不、不是這樣的⋯⋯啊啊啊啊啊嗯♥」

拉比梅亞將注意力放到耳朵那邊時，諾倫立刻將陰莖插入最深處。

「噫咿咿咿♥不行突然這樣⋯⋯♥」

肉杆有如撐開祕處般入侵，極誇張地鑽挖拉比梅亞脆弱的地方。

「啊啊♥不、不行♥啊啊嗯嗯嗯♥別欺負人家♥」

拉比梅亞更加向後仰起上半身。

諾倫摩擦拉比梅亞的耳朵後，膣穴壓力強到會痛的地步。

簡直像是耳朵就是性感帶似的。

「嗯嗯♥耳朵跟小妹妹都進攻的話人家會不行的……♥」

胸部被摩擦乳頭被擠壓，拉比梅亞沉溺在快感之中。

在教室裡做愛，是只能在色情漫畫裡見到、有如作夢般的場景。

「拉比梅亞，更加地去感受吧！」

倒心型的屁股軟綿綿地彈跳著，絲毫不輸給胸部。

諾倫持續推送腰部，貪婪地索求著拉比梅亞的肉穴。

「啊啊啊啊啊嗯」

然而拉比梅亞卻大幅移動下半身，陰莖也順勢滑脫。

「啊啊♥真是的……♥」

「我再重放一次吧。」

「學長，等一下。」

拉比梅亞面部朝上地仰躺，緊接著大大地張開股間。

「學長♥請用♥」

「拉比梅亞。」

諾倫壓到拉比梅亞身上後用雄物貼住祕裂處，就這樣滋嘆滋嘆地完成插入。

「嗯嗯♥」

讓彼此的軀體不留縫隙地緊密貼合後，拉比梅亞主動索吻。

堵上脣瓣後，唾液嗶啾嗶啾地交纏，響起黏答答的聲音。

一邊疊合脣瓣，一邊猛力撞擊腰部。

肉褶滋嚕滋嚕地纏上陰莖，熱烈地渴求精種。

「嗚嗚！」

託它之福，快感加速度地不斷攀升。

「啊啊嗯♥葛格！」

「不是學長？」

「已經演不下去了啦♥」

拉比梅亞忘我地奪去諾倫的脣，緊緊鎖住雄物。

蜜壺更加強烈地壓迫陰莖，就像在表示想要快點得到諾倫的精液似的。

「好深喔♥葛格的小弟弟死纏爛打地擠壓深處♥」

「拉比梅亞的子宮下降了呢！」

「真是的……葛格♥」

那副妖豔表情讓陰莖達到極限。

拉比梅亞噙著淚，聲線變得尖細。

「我也！」

動腰的幅度變短，腰部一陣痙攣。

「一、一起去♥」

「出來了!!」

嗶嚕嚕嚕！噗咻！嗶嚕嚕嚕！嗶咕！

噗咻！噗咻！

「去了！要去了♥嗯嗯嗯嗯……♥倫，諾倫～♥」

拉比梅亞一邊潮吹，一邊軟癱下去。

諾倫將臉龐埋進拉比梅亞的胸口，委身於高潮後的餘韻之中。

「葛格……」

「呼欸？」

「非常棒喔 ♥」

「我也……很幸福呢，能在教室色色……！」

拉比梅亞抱住諾倫的右臂，幸福地微笑。

第四章 變成母乳胸部的體質奶水四溢

「咦～好閒唷～」

「真的呢～」

「這種日子或許也不錯♪」

琦瑟、諾倫、米西雅三人在自己家裡喝茶，度過悠閒的午後時光。

今天米西雅休假不用去店裡工作，本來想說要找個地方出門的，不過最近三人都沒有一起悠哉度日，所以決定要在家裡度過這一天。

一邊喝茶，一邊吃點心。

像這樣打發時間時，有人敲了門。

「來了。」

米西雅走向玄關那邊。

「妳好。」

出現的人是拉比梅亞。

「米西雅跟琦瑟也在呢。」

拉比梅亞一邊探頭望向室內，一邊如此說道。

「找我們有事？」

「想問妳們要不要去買衣服。諾，今天米西雅醬也休假吧？」

「啊……是沒錯……」

「嗯？怎麼了？」

「可是今天預定要跟諾倫悠悠哉哉地過一天……」

「欸？是難得的休假日吧？我們這些女生偶爾也一起出遊嘛——琦瑟也覺得可以吧？」

琦瑟六神無主，來回看著拉比梅亞跟諾倫。

「那、那個，我是哥哥的老婆，所以要好好陪在他身邊才行……」

「米西雅、琦瑟，可以的喔，機會難得，妳們就出門吧。」

「可是……」

即使如此，米西雅與琦瑟仍是感到遲疑。

真沒辦法呐——諾倫站起身軀，用力推著米西雅跟琦瑟的背部。

「欸，諾倫!?」

「哥哥……!?」

他就這樣將兩人推給拉比梅亞。

拉比梅亞望向兩人。

「難得人家都來約妳們了，不可以給別人碰釘子呢。路上小心唷。」

「好嘛？畢竟葛格也這樣說呢？」

兩人點點頭。

「諾倫，我們會盡量早點回來的。」

「晚、晚餐前就回來！」

「女生們開開心心地去玩吧。」

諾倫揮揮手，目送三人離去。

（以丈夫的身分做了好事呢！）

「……」

孤零零的一個人。

「……」

室內寂靜無聲。

（太閒了！）

不習慣一個人待在家裡。

明明在之前的世界裡，一點也不感到難受地說。

是因為總是跟米西雅還有琦瑟待在一起的關係嗎。

一個人獨處實在是閒得發慌。

不過剛才明明那麼爽快地送人家出門，現在才要追上去果然還是會感到顧慮。

（不穿幫就好了吧……）

好──思索至此後，諾倫使用「認知妨礙」的魔法。

簡單地說，就是變成透明人。

三人正熱烈地聊著戀愛八卦。

諾倫心想打鐵要趁熱，發足急奔立刻就追上了米西雅她們。

「好好唷，妳們兩人每天都跟葛格恩愛吧？」

「對呀！」

「是的。」

米西雅跟琦瑟雖然如此斷言，態度卻是怳�غ不已。

「兩人都有清純嫩妻的感覺呢♪」

「真是的，別取笑我們啦。」

「當然會想取笑妳們囉，看這肌膚這麼光滑——」

拉比梅亞輕戳米西雅跟琦瑟的臉頰。

兩人露出暗爽的表情。

「好好好，謝謝招待。」

拉比梅亞她們走進某家店。

那是女性內衣店。

「欸，是要逛這裡嗎……？」

琦瑟扭扭捏捏，拉比梅亞笑道：

「琦瑟真是的，大家都是女生，用不著害羞也行的。」

「是、是這樣子的嗎……」

「人家覺得葛格看到自己喜歡的內衣褲，在色色時也會覺得興奮唷？」

「是真的嗎？」

「沒錯沒錯。欸？大家一邊討論一邊選內衣褲也很開心唷？」

就算是平常不能進去的店鋪，如今的諾倫也不會引來任何人的懷疑，所以他從

後面跟上拉比梅亞她們。

（喔喔！）

色彩繽紛的無數內衣褲令諾倫雙眼發亮。

拉比梅亞她們似乎打算先挑內褲。

琦瑟剛開始時還有些消極，如今卻仔細地挑選起形形色色的內褲。

「這個或許不錯呢！」

米西雅拿的是縫上黃色花邊的內褲。

拉比梅亞歪歪頭。

「欸，不會有點孩子氣嗎？」

「是喔……」

「葛格喜歡這種調調嗎？」

「嗯……他會說什麼水漬的，所以喜歡白色吧？」

米西雅出乎意料的話語讓諾倫連連搖手表示「不對不對」，但這個舉動當然沒有

意義。

（不不不，這是誤會！）

米西雅探頭望向琦瑟的臉龐。

「琦瑟要選什麼？」

「我嘛……米西雅，這個如何？」

米西雅倒抽一口涼氣。

「是透明的耶！」

「……唔，嗯。」

拉比梅亞露出賊笑。

「喔，琦瑟醬真是的，要採取主攻呢。不但透明，而且還是黑色的！」

（嗯！嗯！）

「我、我是覺得哥哥會開心……」

諾倫大大地點頭。

「既、既然如此，那我選這個！」

米西雅也不服輸地拿了另一件內褲。

「米、米西雅……」

「哇喔！米西雅醬很拚呢♪」

（好、好猛……）

在琦瑟與拉比梅亞之後，諾倫也跟著感到啞口無言。

米西雅現在拿著的是布料面積大幅削減的T字褲，顏色則是紅色。

「拚了……只要諾倫肯開心就好……！」

「既然如此，那我也！」

琦瑟也不服輸地拿了一樣的內褲。

（兩人為了我做到這個地步……）

諾倫很感動。

「接著是胸罩喔！」

拉米梅亞領著米西雅跟琦瑟前往胸罩專區。

這兒比內褲區那邊還要五顏六色，各式各樣的設計應有盡有。

「好了，要選哪一件？」

拉比梅亞如此搭話後，米西雅與琦瑟露出困擾表情。

「怎麼了？」

米西雅與琦瑟面面相覷，最後由米西亞代表回答。

「……我、我們的胸部很小……」

「欸？就算很小，也得開心地穿胸罩才行啊。人家覺得這種或許不錯呢。」

拉比梅亞拿的是印花圖案的胸罩。

「如何？適合嗎？」

拉比梅亞用胸罩抵住自己的胸部比給兩人看。

兩人就這樣偷瞄著，什麼也沒說。

「…………」

「…………」

「妳們兩人是怎麼了？」

「那個胸罩，好大……」

米西雅喃喃低語後——

「我好像能戴到頭上。」

琦瑟也吃驚地如此說道。

「嗯，這個嘛——」

「嗚哇哇……!?」

真的把胸罩戴到琦瑟頭上後，琦瑟慌張地手腳亂動。

畢竟胸罩戴上去後都遮到眼睛那邊了。

「真是的，拉比梅亞不要取笑琦瑟啦。」

「抱歉抱歉。」

諾倫很感動。

（好、好猛……拉比梅亞居然戴著可以把琦瑟整個頭都遮起來的大胸罩，難怪她這麼大……）

米西雅拿起拉比梅亞的胸罩。

「唉，如果我的胸部也像拉比梅亞醬一樣大，就更能取悅諾倫了說。」

米西雅貓耳有些下垂地說道。

「……我也想跟拉比梅亞一樣變得更大……」

琦瑟也跟米西雅一樣垂著狐耳跟尾巴。

「聽說揉一揉就會變大喔。」

「那種事……呀啊！」

拉比梅亞揉了米西雅的胸部。

「等、等一下，拉比梅亞，快住手啦……!?」

「明明隔著衣服卻很敏感，是託了葛格的福嗎？」

拉比梅亞語帶挑釁地說道後——

「真是的，別鬧了！」

米西雅紅著臉頰大叫。

（拉比梅亞！居然做出這麼色情的事！）

明明跟自己無關，諾倫卻捏了一把冷汗。

「是，那今晚就請葛格替妳們揉囉。」

「真是的！」

「那人家要去試這件胸罩了。」

「拉比梅亞親！」

琦瑟向前踏出一步。

「怎麼了？」

「肯、肯讓我看看大胸部是怎樣的感覺……？」

「欸!?」

就算是拉比梅亞也大吃一驚，而且連米西亞也嚇了一跳。

（琦瑟!?居然說出這麼棒的……不對，是這麼大膽的話……！）

當然，諾倫也是。

「大、大家都是女生所以可以的吧！」

琦瑟熱切地說道後，拉比梅亞感到有趣地點點頭。

「可以唷……米西雅要怎麼做？」

「也、也讓我看看。」

是被第二夫人琦瑟的大膽所激發嗎，米西雅也幹勁十足地舉起手。

三人進入試衣間。

諾倫也跟在後面。

試衣間擠到不行。

拉比梅亞在正中間，米西雅在右邊，琦瑟在左邊，諾倫（透明）則是在背後。

拉比梅亞脫下衣服摘掉胸罩後，胸部衝擊性十足地乳搖一邊跳了出來。

拉比梅亞的半裸身軀映照在試衣間的全身鏡內。

胸部雪白，尺寸雖大卻違反重力地向上翹著。

有顏色的乳頭特別引人注目。

（唔……！）

諾倫吞了一口口水。

「哇啊……好、好大，喔……對吧，米西雅？」

琦瑟低喃。

「……唔，嗯！」

米西雅有如舐拭般眺望著。

「妳、妳們兩個，被這樣盯著猛瞧人家會害羞的。」

「拉比梅亞親，可以摸胸部嗎？」

琦瑟由下而上地凝視拉比梅亞。

「是沒差……」

「那我失禮了。」

琦瑟輕輕觸碰胸部。

「嗯……！」

拉比梅亞的兔耳倏地一顫。

「琦瑟，怎麼樣？」

「非常地柔軟……很舒服……」

「是吧？──米西雅呢？」

「那、那麼，我也……」

米西雅也觸摸胸部。

「哇塞！真的耶……非常軟！」

諾倫吞下口水。

（這光景也太色了。）

諾倫股間脹得硬邦邦的。

（拉比梅亞！）

諾倫從拉比梅亞身後抱住她。

「呀啊♥」

拉比梅亞發出尖叫。

「拉比梅亞？」

「拉比梅亞……？」

「拉比梅亞親……？」

米西雅與琦瑟露出吃驚表情。

「葛格!?」

拉比梅亞朝四周張望，但她當然看不見諾倫。

「諾倫沒在這邊吧？」

米西雅如此說道後，拉比梅亞歪頭露出困惑表情。

「呃，咦？人家現在有一種屁股被葛格用小弟弟抵住的感覺呢……」

（心臟撲通撲通跳！）

升起帳篷的股間緊緊貼住屁股。

「嗯♥」

拉比梅亞的反應讓兩人更加困惑。

「說、說真的究竟是怎樣了……啊啊♥」

拉比梅亞眼波流動，嘴巴也半開著。

諾倫掀起拉比梅亞的裙子，接著解開皮帶脫掉褲子拉下內褲露出陰莖，接著將

裸露而出的雄物抵住被內褲裹著的臀部。

「呼啊啊♥」

「欸，拉比梅亞妳沒事吧？」

「或、或許不是，沒事……♥」

諾倫用陰莖用力擠壓屁股。

（拉比梅亞的屁股像麻糬一樣有彈性又軟綿綿的，把股間壓上去就會被彈回

來……！）

舒服到會讓人變成屁股控的地步。

（這種事也要來一下！）

諾倫開始用雙手用力握住屁股。

「等一下，不可以抓住屁股啦♥」

「沒人在摸呀？」

「欸欸!?那這種感覺是怎樣♥」

諾倫脫掉拉比梅亞的內褲，把雄物前端插進裂縫中。

「嗯嗯嗯嗯嗯〜♥♥」

拉比梅亞軟軟地垂下兔耳一邊高潮了。

（拉比梅亞的小妹妹又熱又淫！）

有如被滿是黏稠蜜汁的柔軟肉褶擠壓般，諾倫用緩慢的動作攪動祕處。

「啊啊♥總覺得，好、好奇怪唷♥」

拉比梅亞吐出炙熱氣息。

「簡直像是在做愛似地♥」

拉比梅亞每次眨眼，眼尾都會有淚珠隆起。

米西雅慌了手腳。

「不、不曉得♥」

「要、要回去了嗎？」

拉比梅亞激烈地彈跳豐滿胸部，一邊更加淫亂地揮舞身軀。

愛情果汁拉出絲線滴落地板。

「討厭♥像、像是在做愛般腦袋變得一片空白了♥」

拉比梅亞的表情出現陶醉神色。

（拉比梅亞，高潮吧！）

諾倫朝拉比梅亞的祕處射精。

嗶嚕嚕！嗶嚕！嗶咕！

「嗯嗯♥要去了��⋯⋯♥」

拉比梅亞向後仰起背脊，達到高潮。

拉比梅亞有如斷線人偶般雙膝一軟癱倒下去，米西雅與琦瑟大吃一驚撐住她。

「還好嗎！?」

「沒事吧!?」

「不、不行��⋯⋯♥」

拉比梅亞喘著氣。

「拉比梅亞，抱歉！」

諾倫解除魔法現身了。

「啊，是哥哥！哥哥用了魔法吧，不行的喔！」

被琦瑟如此叱責，諾倫喪氣地垂下頭。

「對不起，有點做得太過火了……」

此時袖子被輕拉幾下，轉眼望向那邊後，拉袖子的人是米西雅。

「也會給我們精液對吧？」

「這裡是內衣店……」

「──哥哥跟拉比梅亞親做愛了，所以是可以的吧？」

「對呀對呀，這是妻子的特權呢♥」

諾倫被雙眼發亮的米西雅與琦瑟抱住，就這樣被推倒了。

──發生此事的數天後。

諾倫活用空閒時間思考有趣的事情。

（想不到米西雅她們會憧憬大胸部呐，想下功夫取悅她們兩人……）

就在此時，諾倫想到某個主意。

（好，是這樣的話……）

當天夜裡。

米西雅跟琦瑟出現在諾倫的房間。

兩人穿著以前諾倫送的連身式透明睡衣。

可以透過那件衣服看見兩人小小的隆起、內褲，還有長條形的肚臍。

另一方面，諾倫則是全裸。

「歡迎妳們兩人。來，坐到床上。」

諾倫不同於以往的態度讓兩人有些困惑。

「諾倫，你今天是怎麼了？」

「總覺得哥哥笑得好賊……」

「馬上就會知道了。」

諾倫詠唱咒文後，兩人的胸部漸漸發光。

「欸!?」

兩人的臉龐裏上吃驚表情，透明睡衣的胸口也立刻高高地隆起膨脹。

「我們的胸部……!?」

諾倫在心中做出勝利姿勢。

（成功了！）

諾倫施加的魔法是「狀態變化」。

兩人的胸部變成巨乳。不，實際上不只如此。

「妳們兩人覺得如何？」

兩人一邊觸碰自己膨脹到像是要爆炸般的胸部，一邊「喔喔……」地發出甜美感嘆聲。

「非、非常地重……大胸部的人會肩膀痠是真的呢……」

米西雅如此低喃。

「哥哥，這個好厲害♥嗯嗯嗯……胸部好重唷……！」

「因為妳們兩人好像很羨慕拉比梅亞的胸部。」

「呵呵♥諾倫，謝謝♥」

「用大胸部讓哥哥舒服吧♥」

兩人四肢伏地，用雙臂擠出巨乳強調它的存在，一邊用挑釁目光望向諾倫。

諾倫隔著睡衣用力握住兩人的胸部。

「啊啊♥諾倫……♥」

「哥哥的手，好暖和♥」

兩人露出慾火焚身的表情。

「哇啊，好厲害。胸部脹到像是要爆開似地……」

諾倫摩擦兩人的胸部，卻絕對不去玩弄乳頭。

兩人露出心癢難耐的表情。

「欸，諾倫，別吊我們胃口嘛。」

「是呢，哥哥♥」

「這是什麼意思啊？」

諾倫佯裝不知。

「真是的，諾倫你是知道的吧♥」

米西雅氣嘟嘟地鼓起雙頰。

「說清楚。」

「是乳頭♥」

發出聲音的人是琦瑟。

狐狸尾巴不時用力搖動。

「說的好——米西雅妳呢？」

「嗯嗯，乳頭啦♥打從剛才乳頭就麻麻癢癢的，受不了了♥」

米西雅也是乖孩子。

「米西雅垂下貓耳。

諾倫有如搓紙捲般刺激兩人的乳頭。

「喵呀啊啊啊啊嗯」

「哥哥啊啊啊啊嗯♥」

室內響起兩人嬌豔的聲音。

「是因為胸部變大的關係嗎？乳頭好像變得比平常還要敏感呢。」

「嗯嗯♥或許，是吧♥胸部每次膨脹，整顆乳房都會麻麻癢癢的♥」

「胸部正在發疼，說它想要哥哥玩弄呢♥好像連胸部都發情了……♥」

兩人用渴望的表情不斷把胸部貼上來。

「好！那就替妳們多玩弄一些！」

諾倫讓手指陷進胸部。

「噫咿咿咿咿咿嗯♥」

兩人豪邁地動著耳朵跟尾巴，一邊舒服地扭動身軀。

胸部那簡直像是水球般的彈性傳至掌心。

愈是亂揉，軟綿綿的舒服手感就愈是在掌心擴散。

「諾倫，再多揉一點，把我弄得亂七八糟♥」

「哥哥，別只弄米西雅，也弄弄我♥」

乳肌浮現細汗。

就在此時，米西雅忽然全身一震。

「喵呀!?」

「米西雅妳怎麼了……嗯♥」

兩人忽然停止動作，接著開始主動用手又是揉捏又是觸摸自己的胸部。

「嗯嗯嗯……♥」

米西雅皺起柳眉呼吸紊亂，琦瑟有如在忍耐什麼似地面帶愁容。

「胸部麻麻癢癢的……♥」

米西雅發出尖細聲音，就在下個瞬間。

噗咻咻咻咻咻咻咻咻!!

兩人紅腫的勃起乳頭猛然噴出乳汁。

「喵啊啊啊……♥胸部……♥」

「呼啊啊啊♥胸部要滿出來了啦♥」

奶水不斷濺出飛沫。

濃厚乳香瀰漫四溢。

「為什麼會分泌母乳啊……？」

米西雅感到困惑。

「因為我弄成會分泌母乳的樣子。」

「欸！」

「哥哥，母乳是多餘的不是嗎？」

「不過妳們兩人要替我生小孩吧？反正胸部早晚會分泌牛奶，只要想成是預演就行了。」

「就、就算這樣好了，這麼突然就⋯⋯♥」

米西雅每次觸摸胸部都會溢出母乳。

「哥哥，乳頭前端麻麻的♥」

兩人用性感視線望向諾倫，每次分泌出母性證明的奶水，她們身上的淫靡氛圍都會變得更強。

（兩人都完全變成雌性了！）

諾倫也對此感到驚訝。

「米西雅！」

諾倫吸住米西雅的胸部，甜美母乳立刻累積在口腔中。

「喵嗚嗚♥諾倫，好棒唷♥再咕嚕咕嚕地大口喝奶♥」

米西雅扭腰擺臀，媚態盡現。

諾倫用牙齒輕咬腫脹勃起的乳頭，縮起雙頰使勁一吸，母乳咻的一聲噴出更多。

米西雅抱住諾倫的頭，把他的頭埋進胸部裡。

「諾倫……♥」

「哥哥♥我、我也想射出奶水♥請哥哥也吸吸我的胸部♥」

「好！」

「諾倫!?」

諾倫從米西雅的胸部上移開臉龐，這次將臉埋進琦瑟脹得鼓鼓的、像是要爆開的胸部。

「嗯嗯嗯嗯嗯嗯♥」

諾倫吸住乳頭，跟他對米西雅做過的一樣，用相同的要領替琦瑟擠奶。

從琦瑟毫不從容的聲音判斷，就能知道她立刻就衝上了頂點。

「哥哥♥」

所以不由得愈喝愈多。

感又好。

琦瑟的母乳跟米西雅有如煉乳般黏膩濃稠的乳汁有些不同，喝起來很清爽，口

「哥哥♥啊啊啊啊啊啊♥好厲害喔♥」

琦瑟搖晃頭部，一邊顫動狐耳一邊達到高潮。

「居然擠奶擠到高潮，琦瑟是敏感的媽媽呢。」

「不、不是的♥是哥哥太會吸了……♥啊啊啊，請再多吸一點♥」

琦瑟亂動嬌小的手腳，一邊用淫蕩聲音索求諾倫。

「諾倫♥我的胸部也……拜託了♥」

米西雅也用胸部蹭向諾倫的身體。

每蹭一下胸部就會噴奶，漸漸將諾倫的身軀弄得溼答答的。

「米西雅，用不著這麼急，我會好好玩弄妳的。」

諾倫一邊吸琦瑟的乳房，一邊用右手握緊米西雅的胸部。

「不要用手，而是好好用嘴巴逗弄……喵呀嗚嗚嗚嗚嗚嗯……♥♥」

米西雅淚眼汪汪難受地扭動身體。

稍稍欺負一下米西雅的乳頭，母乳就噗咻噗咻地大量噴出，簡直像是在替母牛擠奶似的。

平常小巧可愛的胸部如今卻脹得鼓鼓的，有著一種蠱惑氛圍。

「如果是妳們兩人的母乳，不管多少都喝得下唷！」

諾倫忘我地猛吸兩人的胸部。

米西雅跟琦瑟都因悅樂而露出鬆懈表情。

「被諾倫吸奶好舒服唷♥啊啊……再多吸一些♥酥酥麻麻的♥」

「哥、哥哥♥變得會流出奶水後，胸部變得比平常還要敏感了♥」

兩人都更渴望地索求諾倫。

諾倫沉迷地吸吮奶水，就在此時股間忽然竄出快感。

「嗚嗚!?」

米西雅的手觸碰陰莖。

柔嫩手指搓揉硬邦邦的陽具。

「嗯嗯!」

「諾倫的小弟弟一抽一震地好可愛……♥」

諾倫沉迷地來回吸吮琦瑟的乳頭。

「啊啊啊啊嗯♥哥哥♥」

琦瑟淚眼汪汪苦悶地扭動身軀。

「諾倫！也不要忘了我嘛♥」

米西雅用豐滿胸部夾住雄物。

「米、米西雅!?」

下半身爆發的快感令諾倫呻吟。

「諾倫小弟弟的熱度染進胸部裡了♥」

她用忍耐汁當作潤滑油，一邊用胸部套弄硬物。

（米西雅胸部的熱氣染進股間了！）

諾倫試圖從下半身湧出的快感上移開意識，更加用力地吸住琦瑟的胸部。

「哥哥……噫呀啊♥」

諾倫不由自主地用力咬下去，琦瑟的乳房噴出大量母乳。

「諾倫的小弟弟好像很喜歡我的胸部呢♥用胸部夾住後，一抽一震微顫的感覺傳過來了♥」

米西雅激烈地乳交著。

忍耐汁咕啾咕啾地起白泡。

「嗚嗚嗚嗚嗚……!!」

諾倫一邊被米西雅乳交，一邊將臉埋入琦瑟的胸部裡。

「啊啊啊嗯♥哥哥♥」

米西雅露出微笑。

「真是拿諾倫沒辦法呢──琦瑟也一起讓諾倫舒服吧。」

「嗯♥」

琦瑟突然改變體位，變成69的姿勢。

「琦瑟!?」

「被哥哥吸吮胸部，那邊也興奮起來了。」

琦瑟的祕裂處熱烘烘又溼答答的。

（琦瑟居然如此飢渴地索求我！）

諾倫吸住裂縫。

「噫啊啊啊啊啊啊嗯♥」

諾倫用舌頭鑽進琦瑟的裂縫，啾嚕啾嚕貪心地吸吮。

「被、被哥哥吃著♥」

琦瑟把搖來晃去掀起情慾乳波的胸部貼得更緊。

「咕嗚!?」

琦瑟的勃起乳頭刺向諾倫的乳頭。

乳丘軟綿綿地擠壓變形，炙熱奶水猛然噴出。

「我要像這樣♥刺激哥哥的乳頭♥」

琦瑟惹火地扭動上半身，仔細地刺激諾倫的乳頭。

弄著弄著，諾倫的身軀漸漸乳香四溢。

「哥哥，請再多舔舔小妹妹♥」

不只是裂縫，諾倫也朝陰核進攻。

他一邊輕撫表面，一邊將右手食指插進裂縫，啾啵啾啵地鑽挖。

「呼啊啊啊啊啊啊♥要去了啊啊啊♥」

琦瑟渾身都是汗水跟乳汁，就這樣高潮了。

「琦瑟，有舒服到真是太好了呢♥」

「嗯♥」

被米西雅這麼一說，琦瑟用陶醉表情點點頭。

「那接下來換我♥」

米西雅將龜頭冠狀溝含入嘴裡，陰莖立即迸射出快感電流。

「嗚嗚嗚嗚嗚!?」

「你看你看♥尿尿的洞也要鑽一鑽唷♥舔舔♥啾嗯♥啾啵」

米西雅亂甩雙馬尾，嘴巴四周都是口水一邊心無旁騖地吸吮著。

用舌尖輕戳尿道，用沉甸甸的巨乳壓住陽具搾取精液。

母乳噗咻噗咻地彈射，陰莖上也弄得到處都是奶水。

暴露在這種快感下是不可能忍耐的。

「要出來了……！」

「嗯嗯♥諾倫，射出來♥」

米西雅有如促進射精般用胸部擠壓。

在那瞬間，咻嚕嚕嚕！精種爆射而出。

「嗯咕咕嗚嗚！！」

米西雅咕嚕咕嚕也大口喝下精種。

有如一滴都不殘留在尿道裡似的，巧妙地使用胸部搾汁。

「嗯——♥諾倫的精液好濃郁～♥」

米西雅發出「呼啊啊～」的溼潤嘆息喜悅不已。

「琦瑟，抱歉囉。第一發精液我收下了♥」

「不會的，沒關係。因為接下來由我收下哥哥的精液♥對吧，哥哥♥」

琦瑟驕傲地向諾倫展示那對脹得大大的蠱惑乳房。

「嗯！接下來要給琦瑟精液！」

「好開心♥」

琦瑟雀躍地騎上諾倫的腰部，充滿愛憐地來回玩弄勃起的硬挺雄物。

「哥哥的小弟弟果然很厲害♥明明射過一次的說，還是這麼硬邦邦♥」

「嗚嗚，才剛射過精而已，現在還很敏感……」

「沒事的，我會好好讓它舒服的♥」

琦瑟調整腰部角度，打算吞沒陰莖。

沉甸甸豐胸大幅度地乳搖著，讓人覺得它像是隨時會掉向這邊似的。

（用仰角看巨乳非常有魄力呢。）

琦瑟沉下腰部，大口吞下陰莖。

「哥、哥哥的小弟弟進來了嗚嗚嗚嗚♥」

咕啾咕啾！

「噫咿咿咿咿咿嗯嗯♥」

陰莖直沒根部。

「哥哥的小弟弟堵到肚子裡面了♥」

琦瑟軟綿綿地上下搖晃豐乳，一邊向後仰起身軀。

吞入陰莖的祕裂處啪滋啪滋地被撐開。

「琦瑟的小妹妹縮得好緊喔。」

淫滑膣壁緊緊地朝這邊擠壓。

「哥哥♥」

琦瑟發出甜美聲音索吻。

「琦瑟！」

諾倫奪去琦瑟的脣瓣，舌頭交纏在一起。

琦瑟有如輕啄般吸住諾倫的舌頭。

（光是跟哥哥舌頭交纏在一起，就覺得非常舒服……）

諾倫全身起雞皮疙瘩。

「諾倫的舌頭非常可愛呢。」

「嗯啾♥舔舔♥啊啊嗯♥啾嗶♥呼嗯」

不斷重複性感的吻，乳頭也變得又熱又辣，麻癢地讓人無法忍耐。

「哥、哥哥……♥」

琦瑟沉重地搖晃大胸部，一邊用蠱惑視線望向諾倫。

諾倫捏住兩邊的乳頭。

「噫呀呀呀呀呀呀呀呀呀嗯嗯♥♥」

嘆咻！嘆咻！嘆咻咻咻咻咻！！

母乳猛然噴出。

琦瑟搖曳金色髮尾，慾火難耐地扭動嬌軀。

「琦瑟的牛奶溢了好多出來呢，也給琦瑟喝一些。」

「呼欸……？」

被諾倫吸住乳頭後，背脊竄出快感電流。

噗啾啾啾啾!!

諾倫口中噴滿母乳。

在嘴裡累積一大口奶水後，諾倫堵住琦瑟的脣。

「嗯嗯嗯!?」

琦瑟被諾倫堵住嘴脣餵下牛奶。

「嗯♥嗯唔唔♥嗯啾……♥」

琦瑟啪噠一聲垂下狐耳，咕嚕咕嚕地動著小小喉嚨喝下自己的奶水。

（有甜甜的味道，好好喝……）

琦瑟瞇起眼尾，露出陶醉神情。

「如何？好喝嗎？」

「很、很好，喝……♥」

「琦瑟！」

「嗯啊♥」

被緊緊擁住後，沉甸甸的豐滿胸部被胸膛擠扁，腦袋裡面迸射出酥酥麻麻的快感電流。

「呼啊啊啊啊啊♥」

同一時間，乳汁更加大量地噴出。

（胸、胸部跟快感都變得太大了啦♥）

跟諾倫的緊密感加深後，琦瑟感到更加幸福。

「哥、哥哥，請盡情地吸胸部♥奶水累積太多好難受唷♥」

讓人覺得不論怎麼泌乳都還想要射出更多。

（其實這明明是要餵給小寶寶的東西，身體卻變得好酥麻……♥）

琦瑟感到愈來愈亢奮。

「啊唔！」

諾倫一口氣含住左右兩邊的乳頭。

噗咻咻咻咻咻咻咻咻!!

「噫咿咿咿咿咿咿咿咿咿嗯嗯♥」

母乳一口氣被啜飲，琦瑟腦袋變得一片空白衝上頂點。

「琦瑟，被吸奶頭就去了嗎？」

「嗯嗯♥」

琦瑟咬住下脣，一邊點頭同意。

「真是敏感的媽媽呢。」

「請、請別這樣說♥」

「表情很亢奮呐。」

諾倫使勁挺出腰部。

「嗚♥」

「呼啊啊♥啊啊啊……♥好、好激烈♥哥哥的小弟弟頂到那邊的深處了嗚嗚

琦瑟一邊扭腰，一邊將諾倫的陽具引導至深處。

每次子宮口被滋噗噗地撞擊，就會受到刺激溢出母乳。

「哥哥♥哥哥，我去了♥啊啊啊嗯♥請、請讓我休息一下啊啊啊♥」

琦瑟半哭泣地試圖收回腰部，卻被諾倫牢牢抓住而無法動彈。

「剛才明明主動接受我的說。」

「太舒服了，我變得連自己都不曉得自己在幹麼了♥♥」

每一次高潮，琦瑟的陰裂都會口是心非地縮得更緊，催促諾倫射精。

「琦瑟的身體說它還想要變舒服耶？」

「啊啊啊嗯♥請饒了我♥」

琦瑟用口齒有些言不清的狀態感到困惑。

然而諾倫沒有休息，而是要讓琦瑟更舒服。

諾倫將臉埋進因乳汁而脹得鼓鼓的胸部。

噗咻！噗咻♥噗咻咻咻咻咻咻咻!!

母乳噴得更多，把床鋪弄得溼答答的。

「對不起♥用牛奶弄髒哥哥的床鋪了，對不起♥」

「沒事的，因為這證明琦瑟就是這麼有快感！」

諾倫更加用力地吸住乳頭，還激烈地前後扭動腰部掏挖出蜜汁。

「啊啊啊啊♥啊啊嗯♥噫啊啊啊啊♥啊啊啊♥不行不行啦♥哥哥的小弟弟讓偶變奇怪惹嗚嗚嗚嗚嗚嗚♥噫咿嗯♥♥」

琦瑟一邊搖晃蜜桃臀跟沉甸甸的胸部，一邊用全身享受陰莖的插入。

她反射性地縮住雄物。

「琦瑟！緊度非常的好呢！」

「是為了要讓哥哥舒服……♥」

「那妳喜歡這副模樣嗎?」

「噫啊啊啊嗯♥」

激烈的體位變化讓琦瑟發出嗚咽聲。

變成從背後侵犯琦瑟的模樣。

「好深喔嗚嗚嗚嗚♥」

諾倫扭動腰部,有如刮搔腹內似地前後移動陰莖,用全身讓琦瑟舒服。

陰莖宛如鑽挖柔肉般動著,快感電流炸裂。

「噫嗯嗯♥哥哥,請再多動一些……♥」

琦瑟也主動扭動下半身,貪婪地享受陰莖。

咕啾!滋啾!滋啾!嘰啾!

在男根攪拌下,愛蜜起了白泡。

「琦瑟,很棒喔!好舒服!」

琦瑟也更加亢奮,激烈地扭動腰部。

「啊啊♥呼啊♥哥、哥哥♥哥哥……♥」

「琦瑟!」

「哥哥……？」

諾倫抓琦瑟的雙臂，用力將她向後拉。

在強大力量牽引下，陰莖更加用力地頂起子宮口。

「呼啊啊啊～嗯♥」

琦瑟痴迷地露出陶醉神情扭動嬌軀。

因為衝上頂點之故，媚肉痙攣緊緊握住雄物。

「用這個姿勢更有合而為一的感覺呢！」

（跟哥哥做愛太舒服了，腦袋都要變笨了！）

原本應該會覺得疼痛的粗野抽送，在愛液溢出的助攻下令快感增幅。

「這個體位，好棒唷♥更能感覺到哥哥♥」

就在此時，米西雅現身。

「琦瑟，諾倫的小弟弟把妳搞得這麼舒服，好羨慕呢喵。」

米西雅一邊用力甩動貓尾巴，一邊吸住琦瑟的右胸。

「不行啊啊啊啊啊啊啊啊啊啊啊啊啊♥♥」

琦瑟的胸部噴出母乳。

「唔唔唔嗯♥牛奶，好好喝♥」

米西雅一邊在鼻子下面留下鬍子般的牛奶痕跡，一邊更加熱衷地擠奶。

「不行嗚嗚嗚♥兩人一起進攻的話⋯⋯我馬上就會變奇怪了♥」

就在此時，深埋腹內的肉棒膨脹了。

「琦瑟，出來了！要出來！」

「請射出來♥」

諾倫發出呻吟的瞬間，精種汁液噗嚕嚕嚕嘩嚕嚕。地猛然迸射。

「一邊收下哥哥熱滾滾的汁液一邊去了♥啊啊啊啊，變得好幸福喔♥又要噴出好

多奶水了嗚嗚嗚嗚嗚嗚♥」

噗咻咻咻咻咻咻咻咻咻咻咻咻!!

琦瑟的乳頭噴出母乳。

「啊啊⋯⋯不、不行⋯⋯♥」

琦瑟整個人栽向前方，癱倒在原地。

「琦瑟，沒事吧!?」

米西雅跟諾倫衝到身邊，琦瑟卻發出「好幸福唷～♥」的甜美聲音。

「還好⋯⋯」

上。

「諾倫，接下來換我♥胸部漲滿了牛奶好難受，請好好替我擠出來吧♥」

米西雅用甘美嗓音發出喉音。

「喵嗚♥好嘛？」

「是呢，接下來換米西雅！」

諾倫溫柔地用仰躺姿勢推倒米西雅，用力捏住乳房。

噗咻咻咻咻咻咻!!

「呼啊啊啊啊啊♥」

只是稍微捏一下，赤紅色的勃起乳頭就噴出純白色的牛奶。

「真的累積了很多奶水呢。」

「這、這樣的♥難受得很辛苦喔。」

「抱歉，我會把讓妳久等的份補上，讓妳舒服的。」

「喵呀啊啊啊嗯♥」

諾倫堵上米西雅的脣，一邊編織出激烈深吻，一邊揉捏胸部。

發育豐滿的沉甸甸乳房軟綿綿又性感地搖晃著，一邊有如棉花糖般吸附在掌心

184

「胸部好軟捏起來真舒服呢……啊唔！」

諾倫將臉埋進右胸，一邊吸住乳頭。

「噫啊♥」

極度想要噴奶的乳頭硬邦邦地勃起，稍微輕咬一下就會噴出奶汁。

奶水黏膩香甜。諾倫吸到臉頰凹陷，咕嚕咕嚕地大口喝著，一邊輕捏左乳頭摩擦逗弄它。

「心……噫啊♥」

「喵呀啊啊啊嗯♥牛奶，停不下來嗚嗚嗚嗚♥啊啊啊♥讓諾倫吸奶我好開

硬邦邦挺立著的雄物觸碰到米西雅的身體。

「諾倫的小弟弟，非常地炙熱……♥」

「因為米西雅的胸部很性感，所以才興奮起來的唷。」

諾倫用肉棒抵住米西雅的大腿，將忍耐汁塗抹在上面。

米西雅的身軀倏地一震做出反應。

「……抵、抵到了♥」

「怎麼了？」

「諾倫的小弟弟非常地硬♥一抽一抽地微顫著……♥」

米西雅眼頭充血喘著氣。

「那邊麻麻癢癢的♥想要諾倫的小弟弟……♥」

米西雅主動撐開祕裂處，得意地展示給諾倫看。

「不過用普通的姿勢做很無趣呢。」

「欸？」

「……就這樣做吧！」

「欸!?」

諾倫讓米西雅橫躺。

「諾倫!?」

諾倫緊緊抱住米西雅的左腿，一邊插入陰莖。

「啊啊啊啊啊啊♥諾倫的小弟弟……♥」

滋嘆滋嘆地埋入陰莖後，母乳噗嚕嚕地溢出。

雄物抵達深處後，米西雅露出整個人要融化般的幸福表情。

「啊啊♥好深唷♥」

米西雅滿足地撫摸下腹部。

「米西雅的小妹妹縮得非常緊呢。」

「嗯♥因為它很期待能跟諾倫做愛♥」

溼溼滑滑的祕處擠壓諾倫的男根。

雖因膣壓而有些難抽送，諾倫仍是一心一意地扭動腰部想讓米西雅舒服。

噗啾！咕啾！滋啾！

「啊啊啊♥好、好厲害喵♥諾倫的小弟弟噗滋噗滋地插入♥噫咿咿咿咿咿嗯

嗯♥」

米西雅激烈地搖動貓耳跟尾巴，沉溺於快感之中。

「諾倫！再多擠一點奶⋯⋯！♥」

「知道了！」

諾倫一邊扭動腰部一邊緊緊握住胸部，掌心立刻被奶水弄得黏答答的。

飄出來的香甜乳香更加撩動情慾。

「喵嗚！?諾倫的小弟弟變大了！?」

「因為跟米西雅色色很舒服！」

諾倫激烈地推送腰部，掏挖出蜜汁。

「噫咿咿嗯♥諾倫的小弟弟凸凸的好厲害喔──♥」

米西雅亂甩雙馬尾，訴說自身的喜樂。

柔肉更加深入地吞進陰莖。

（不妙！好像馬上就要出來了！）

諾倫無法大幅度地推送腰部，只能有如刮搔米西雅的祕處般小幅度地移動。

這麼做後，米西雅發情的膣內更加不必要地催促諾倫射精。

「諾倫怎麼了？突然不動了？」

「抱歉，米西雅。好像快射了……」

「要射幾次都行喔♥只要是諾倫的精液，不管多少次我都想要♥」

米西雅發出甜美聲音。

「射吧，諾倫♥」

「——米西雅。」

「琦瑟!?」

諾倫與米西雅同時吃了一驚。琦瑟看起來尚未脫離高潮的餘韻，表情茫然地將臉埋進米西雅的胸部裡。

「啊啊啊啊嗯♥琦瑟，不可以吸胸部啦♥嗯嗚嗚嗚嗚嗯」

琦瑟有如真正的小寶寶般吸吮奶頭。

「啊啊啊啊啊嗯♥琦瑟妳又不是小寶寶♥」

然而琦瑟卻沒從胸部上面移開嘴巴。

「米西雅的奶，好好喝喔♥」

她露出天真無邪的表情。

諾倫沒放過膣壓放緩的那個瞬間，挺入最深處。

「現在不行♥啊啊啊啊」

「米西雅噴出好多奶水喔♥」

「琦、琦瑟♥我正在高潮中♥別吸啊♥」

「奶水♥我吸♥我吸♥」

琦瑟吸得更起勁，米西雅扭動身軀。

「米西雅！只有妳們在享受也太詐了！」

「我只想用諾倫的小弟弟變舒服啊♥」

米西雅香汗淋漓，全身顫抖。

她張開雙腿，露出跟諾倫結合的部位。

「變得這麼溼答答了♥諾倫，更激烈地刺進深處吧♥」

射精慾望湧現，諾倫咬緊牙根。

「已、已經……！」

米西雅嗯嗯地點頭。

「諾倫，給我♥讓我用精液高潮♥」

嗶嚕！嗶嚕嚕！噗嚕！嗶嚕！

「去了♥要去了♥啊啊啊啊，子宮被精液燒起來了嗚嗚⋯⋯去了啊啊啊啊啊啊啊啊啊

啊♥」

精液陸續釋出，米西雅噴出更多母乳就這樣衝上頂點。

「呃，咦？我⋯⋯？米西雅看起來好幸福⋯⋯」

琦瑟猛然回神，一邊發出茫然聲音一邊恢復神智。

諾倫笑了。

「意思就是色色到這麼舒服的地步啦。」

「我、我嗎⋯⋯？完全不記得了⋯⋯」

「啊哈哈哈，琦瑟，能讓米西雅幸福都是託琦瑟的福唷？」

此時兩人的胸部在轉眼間漸漸變回原本的可愛尺寸。

「這種胸部果然也很可愛呢。」

諾倫緊擁兩人。

第五章 跟發情女服務生和樂融融恩恩愛愛玩３Ｐ

（嗯……該如何是好呢？）

某天，諾倫跟米西雅還有琦瑟色色後，探頭望向兩人靜靜發出嘶嘶鼻息的臉龐。

兩人惹人憐愛的睡臉讓諾倫不由自主放鬆嘴角露出笑容，但他立刻又沮喪地垂下頭。

最近他在擔心一件事情。

至於是為何嘛，因為性愛的玩法讓他失去新鮮感了。

（雖然還想玩各種花招，但這個世界不容易找到道具呢……）

唯一值得慶幸的就是米西雅她們每次都很舒服。

（去找拉比梅亞商量看看好了？）

畢竟她對這個世界很熟悉，也跟諾倫一樣是轉生者，有著相同的價值觀。

要找人商量的話，除了拉比梅亞外不作他想吧。

（好！明天就去拜訪她！）

隔天，諾倫趁米西雅跟琦瑟外出時造訪拉比梅亞的家。

平常總是拉比梅亞主動來訪，因此諾倫突然造訪似乎讓她感到有些驚訝。

「咦？是葛格，怎麼了嗎？」

「拉比梅亞！？」

然而諾倫卻比拉比梅亞還要吃驚。

畢竟拉比梅亞是一副裸體圍裙的打扮。

「那副模樣……」

「欸嘿嘿♪可愛吧？」

拉比梅亞將背部轉向諾倫，漂亮的肌膚與豐滿臀部誇張地主張著自身存在。

兔子尾巴輕輕搖動——

「如何？適合嗎？」

「唔，嗯。」

「謝謝♪請進♪」

被領到客廳坐到位子上後，拉比梅亞端出紅茶跟用來配茶的餅乾。

「謝謝。」

「不客氣，不過突然過來是怎麼了？」

「呃⋯⋯」

「嗯？」

拉比梅亞微微歪頭露出不解神情。

「是關於色色的事情！」

「欸!?」

就算是拉比梅亞也嚇了一跳。

反省自己的說明不足後，諾倫坦言說出煩惱。

「什麼嘛，葛格在煩惱這種事情呀！」

被盡情地嘲笑了。

「拉、拉比梅亞，別笑成這樣啦⋯⋯」

諾倫沮喪地垂下頭。

「呵呵♪抱歉呢，不過葛格也很認真吶。」

「是、是嗎？」

「因為那兩人都很舒服，一般來說不會考慮到失去新鮮感的事不是嗎？」

「不過我還是想解決這件事。」

「就算想要解決也……畢竟人家也不是性學大師嘛。」

「我也是這樣喔。」

「像是改變體位啦……或是辱罵 PLAY？」

「辱罵？」

「就是讓米西雅跟琦瑟罵你。」

「呃，這個果然還是……而且她們兩人也不想這樣做吧？」

「那麼，像是使用道具之類的……？」

「道具……是嗎，道具啊。」

諾倫想到某個主意。

「拉比梅亞，這座城鎮有工坊之類的地方嗎？」

「是有，要製作什麼啊？」

「想做一些東西。」

拉比梅亞露出妖豔笑容。

「葛格真是的，心事全寫在臉上呢。在想非常色情的事情吧？」

「欸!?呃，這個……！拉比梅亞，這件事請妳務必保密……！」

「用不著這麼動搖啦，人家很期待葛格想要做什麼，所以會保密的。」

「謝、謝謝。」

然而諾倫也只放心了一下下。

「可以的喔。」

「也讓人家摻一腳吧？」

「什、什麼……？」

「不過……」

諾倫立刻秒答。

（畢竟那樣好像比較開心……）

就在他如此心想時。

「啊，又在想像色色的事吧？」

「欸!?」

「呵呵，葛格真有趣♪」

拉比梅亞發出輕笑。

數天後，在工坊請他們設計的商品送至諾倫手中。

設計的造型跟諾倫拜託的一樣——是男性器，也就是假陽具。

材質是木材。

（好！）

諾倫把米西雅叫到房內。

「諾倫，怎麼了？」

「妳現在要去工作吧？這個……」

「啊，那個……形、形狀像是，小弟弟呢……」

米西雅雙頰飛紅，目不轉睛地眺望假陽具。

「我希望妳把這個放進小妹妹裡，就這樣去職場上工。」

「欸!?做、做不到的！」

「不過這樣會讓人提心吊膽，一定會很開心的唷。我之後也會去咖啡廳那邊的，

好嗎？」

「嗚嗚嗚……」

米西雅感到困惑，卻還是把假陽具接了過去。

「一下子就要放進去會很難受，所以……」

諾倫在原地跪下，撩起米西雅的裙子，將內褲脫至膝蓋下。

「諾、諾倫……現在明明得出門工作的說……♥」

米西雅嘴上這樣說，卻還是一動也不動地順從諾倫。

「沒事的，馬上就會結束的……我舔！」

「噫咿咿咿嗯♥」

「噓，會被琦瑟聽見的。」

米西雅猛然驚覺，用雙手蓋住嘴巴。

諾倫將鼻子湊向無毛的祕處，抽動鼻子聞了聞，有一點小便的氣味。

「嗯嗯」

米西雅──！」

米西雅低吟表示不滿。

「抱歉抱歉。」

諾倫沒發出聲音，只用嘴形如此說道後，再次有如輕撫祕裂處表面般舔拭它。

「嗯嗚嗚嗚♥」

米西亞鼓起鼻翼，紅暈上頰。

「嗯啾，舔舔舔！」

「嗯嗯嗯♥」

米西雅發出性感嬌叫聲，苦悶地扭動身軀。

啾嗯！裂縫滲出透明蜜汁。

諾倫溫柔地撐開裂縫，溼滑的鮮紅色嫩肉探出臉龐。

他著迷地吸吮。

「嗯嗚嗚嗚♥嗚嗚嗚♥嗯♥咕嗯♥」

米西雅雙膝顫抖，一邊用背部抵住牆壁。

愛蜜水滴黏稠地滴落，順著大腿內側滑下。

「諾倫……♥」

米西雅發出帶有鼻音的陶醉聲音。

「要把手指放進去囉。」

「嗯♥」

米西雅點頭後，諾倫將右手食指插入溼潤的小妹妹。

咕啾！

「咕嗯♥♥」

是因為昨晚也做過愛的關係嗎，柔肉溼黏地纏上手指

（吸上來了！）

諾倫像是要將暖和蜜汁塗抹在手上似的，不斷讓手指深入內部，這種觸感讓人

難以忍受，股間膨脹了。

（不能做到最後雖然難受！但現在要忍住！之後才是重頭戲！）

諾倫一邊說服自己，一邊抽出手指。

愛情果汁拖出長長的絲線。

「呀啊♥」

米西雅發出意猶未盡的聲音，一邊用像是在說「就這樣讓我高潮」的火熱眼神望向這邊。

（米西雅，之會讓妳爽一爽的，等著吧。）

就這樣，諾倫用假陽具抵住膣穴入口。

「啊啊♥好、好冰……♥」

「放進去囉？」

「唔，嗯……♥」

咕啾咕啾！

「嗯嗯嗯嗯……♥♥」

可以知道米西雅在插入的同時高潮了。

祕處緊縮的力道透過假陽具傳向手中。

「好，路上小心囉。」

「欸？結、結束了……？」

諾倫讓假陽具一半露在外面，就這樣穿上內褲。

「嗚嗚嗚嗚……我、我出門了……♥」

米西雅有些三內八字地離開家裡。

「哥哥，米西雅有點怪怪的耶？」

目送米西雅離去後，琦瑟用不可思議的表情如此說道。

「沒事，是妳想多了。」

諾倫對琦瑟表示「我去拉比梅亞那邊一下喔」，然後就出門了。

諾倫敲了敲拉比梅亞家的門。

「來了——啊，是葛格！」

拉比梅亞立刻就出來應門。

她今天也是裸體圍裙這種性感過火的打扮。

「可以進來嗎？」

「當然——壞主意開始了呢？」

「說啥壞主意，我真是意外吶。這可是為了讓性愛變得更激情的表演唷。」

「呵呵，那麼，人家該做些什麼才好？」

「把這個放進小妹妹裡面。」

諾倫遞出的東西是，比鵪鶉蛋大上一圈的球狀物。

「啊——！」

拉比梅亞立刻領悟。

「是跳蛋呢♪」

「正確答案。」

「那麼，米西雅也放了跳蛋？」

「米西雅是假陽具。」

「好好唷♥」

「那就把它放進去吧。」

拉比梅亞朝諾倫拋了一個媚眼。

「想請葛格替人家放進去呢♪」

「真拿妳沒辦法吶。」

「給琦瑟的是什麼玩具？」

202

「沒給琦瑟唷。」

「欸？明明是老婆的說？」

「妳想看看嘛。對琦瑟做這種事情的話，她一定會哭出來的。而且就算明白琦瑟

是成人，對有著那種外表的女孩這樣做也太鬼畜了……啊哈哈哈。」

「想了很多呢♪」

「畢竟是太太嘛。」

「真叫人嫉妒呢♪」

「呵呵，那麼拉比梅亞，我來替妳放鬆小妹妹吧。」

「嗯嗯，請用♪」

諾蘭跟米西雅那時一樣吸吮祕處。

「嗯嗯♥舌頭舔得好溫柔♥」

拉比梅亞輕輕搖擺兔耳，身軀一顫做出反應。

「咦？小妹妹已經溼溼滑滑的耶？」

「……因為人家一直在想會被葛格怎麼對待，所以就忍不住了嘛……」

「真沒辦法吶，居然自慰了。」

「抱歉嘛——♥」

「把跳蛋放進去囉？」

「放進來吧……啊啊♥好冰唷♥」

放進跳蛋後，諾倫替她穿上內褲。

「感覺如何？」

「唔唔唔嗯……♥總、總覺得感覺……很怪……明明放進去的東西這麼小的

說……♥」

拉比梅亞紅著臉頰忸怩起來。

「那麼，我們去米西雅的店吧。」

「是、是呢♥」

拉比梅亞跟米西雅一樣有些內八字，走起路似乎會很累。

前往職場的路上，米西雅忍不住朝四周偷瞄張望。

祕處如今正埋著跟諾倫的小弟弟一樣大的腫脹硬物。

如果被別人指出來的話該如何是好——

她就像這樣陷入疑神疑鬼的狀態。

「哎呀，米西雅親！」

「呀啊!?」

「抱歉嚇到妳了，現在要去工作嗎？」

那個人是雜貨店的男老闆。

「是、是的……」

「我今天也是中午過去喔。哎呀，有米西雅親供餐，料理會美味好幾倍呢……」

「感、感激不盡……那、那個，我還在趕路！」

米西雅無視目瞪口呆的常客，不得不有如逃跑般離開現場。

（諾倫真是的，居然要我做這種事……！）

不過只要腹部因為情緒化而稍微用力，那邊就會縮緊假陽具，全身也會迸射出快感電流。

（啊啊♥要去了……♥）

米西雅起著雞皮疙瘩，用搖搖晃晃的踉蹌步伐走向職場。

「早、早安……」

（總、總算走到了……）

米西雅替彷彿隨時會癱掉的身軀注入活力，向老闆打招呼。

全身浮現討厭的溼黏冷汗。

「咦？米西雅親還好吧？」

「欸？是、是怎樣了嗎？」

「妳看起來好像非常累呢……」

「有、有點睡眠不足。」

「啊哈哈，沒事吧？」

「是的，什麼問題都沒有……我去換衣服喔！」

米西雅用僵硬笑容低頭行禮，然後衝進更衣室。

「唉……」

她發出嘆息。

會累是當然的。

畢竟來到這裡為止已經高潮了五次。

「不行，沒辦法滿足……！」

雖然高潮了，卻沒有滿足，只是覺得慾火難耐。

只有諾倫能給自己忘我的快感。

然而如今卻是無濟於事。

米西雅緩緩捲起裙子打算更衣。

（變得溼答答了……！）

米西雅屏住呼吸。

內褲溼成一片，就像漏尿似的。

米西雅脫下內褲後，可以看見插進祕處深處的假陽具露出了一點點。

（諾倫真是的，之後有你受的！）

米西雅心中對諾倫的怒火不斷變強，一邊換上制服。

（沒事的……有好好用裙子遮住。）

她將自己的身影映照在鏡中，仔細地檢查儀容。

雖然萬分想要立刻拔出假陽具，不過既然答應了諾倫，做為一個妻子就不想打

破約定。

就在此時。

「米西雅，早啊。」

突然被搭話，米西雅吃了一驚。

她怯生生地回過頭，出現在那兒的人是同事。

「早、早安……」

「老闆說妳好像不太舒服，是真的嗎？」

「不會啦，沒事的。」

「是嗎？哎，難受的話就說一聲囉，我會支援妳的。那麼，今天也多多指教。」

「請、請多指教。」

米西雅跟同事一起走向外場。

諾倫他們前往米西雅工作的咖啡廳。

（米西雅能好好工作嗎？）

明明始作俑者是自己，卻奇怪地擔心起來。

「歡迎光臨──！」

眾人被帶到座位上。

諾倫東張西望找尋米西雅時，她將料理送到了座位這邊。

「米西雅，麻煩送去新客人那桌。」

「喔……」

此時諾倫與米西雅四目相接。

她有些內八字地走向這邊。

208

「……諾、諾倫。」

「狀況如何？有好好地放在裡面嗎？」

「嗯……♥」

米西雅溼潤著眼瞳點點頭。

「工作的情況如何？」

「沒有什麼如何不如何啦……♥ 小妹妹又麻又癢的，而且慾火焚身沒辦法好好思考……♥」

「看到米西雅的臉，就能很清楚地知道妳發情到什麼程度。是平常的發情表情。」

「真是的……！」

「啊哈哈。抱歉抱歉，別生氣。」

「……所、所以呢？」

「什麼？」

「可以拔掉了嗎？」

「還不行。」

「怎、怎麼這樣。」

「──米西雅親，一起樂一樂嘛？」

「欸？」

直至此時，米西雅才發現拉比梅亞在場。

「拉比梅亞？為什麼？」

「……人家也跟妳一樣。」

「一樣……？」

米西雅露出不解其意的表情。

「……人家也在小妹妹裡放著東西呢。」

「諾倫!?」

米西雅瞪向諾倫。

其眼中閃著嫉妒光芒。

「啊哈哈哈。」

「別用笑的混過去！」

米西雅用周遭之人聽不見、卻還是籠罩著怒火的低沉聲音說道。

此時，拉比梅亞伸出援手。

「米西雅親，別這麼生氣。葛格事前就找人家商量過了。」

「找拉比梅亞？諾倫，為什麼不肯找我商量呢？」

「冷靜一下。葛格因為跟米西雅親妳們的性愛有點失去新鮮感而感到煩惱，所以才來找人家商量的唷。這種事就算找米西雅親商量，妳也只會覺得困擾吧，而且葛格也不好找妳商量這種事。」

「……唔，哎，如果是這樣子的話……」

米西雅如此咕噥。

「人家覺得很有趣，所以就搭了順風車囉。那麼──」

「什麼？」

「可以點餐嗎？」

「唔，嗯……那麼，要點什麼？」

諾倫跟米西雅點了餐。

「明、明白了……」

拉比梅亞朝這邊搭話。

點好餐後，米西雅跟她過來這裡時一樣，用慎重步伐走向廚房。

「欸，葛格。該不會這樣就結束了？就葛格的作風來說，還挺乖巧的不是嗎♥」

「妳以為我是什麼人啊？」

「那麼，是怎樣呢？結束了？」

「還早著呢，現在才開始喔。」

諾倫按下手掌大小的開關，在那瞬間。

「啊啊啊啊啊啊嗯♥」

嬌豔聲音迴響在店內。

店裡的客人都吃驚地朝四周張望。

發出聲音的一人是，拉比梅亞。

她趴在桌子上，塌下兔耳大口喘氣。

有如在忍受什麼似地緊咬下脣。

「拉比梅亞，去了？」

「剛、剛才的那個是什麼……？」

「有趣的事。」

「……不是只有人家吧？」

「這是當然的。」

諾倫大膽地笑了。

米西雅將諾倫他們點的餐點告知廚房後，又去接待其他的客人。

（諾倫真是的，到底在想什麼啊⋯⋯居然讓妻子做這種被別人發現就會很不得了的事情⋯⋯）

就在此時，老闆傳來聲音。

「米西雅親──三號桌麻煩妳了。」

「啊，好的──」

米西雅打算拿菜單過去的下個瞬間，快感突然貫穿全身。

「噫咿咿咿咿咿咿咿嗯嗯 ♥」

腦袋變得一片空白，她弄掉菜單蹲到地上。

「沒、沒事吧？」

旁邊的客人小心翼翼地觸碰她。

「嗯嗯嗯 ♥」

她感到一陣輕微高潮。

祕裂處又麻又癢，蜜汁滴落地板。

「沒、沒事的⋯⋯♥ 只是站著有些頭暈而已⋯⋯」

米西雅紅著臉頰把菜單送到客人那邊後，直接來到諾倫身邊。

「米西雅妳沒事吧？」

「真是的。別、別裝傻喔，這是諾倫幹的好事吧！」

「嗯，用了這個遙控器。」

「別、別再這樣做了！都要變奇怪了啦♥」

「我會有所節制的。」

「諾倫……！」

「米西雅親，人家的狀況也跟米西雅親一樣。」

「拉比梅亞，拜託妳阻止諾倫。」

「抱歉，畢竟人家樂得很♥」

「好過分……！」

此時傳來老闆的聲音。

「──米西雅親，四號桌點的餐做好了！」

「好、好的──！……嗯♥」

米西雅過去拿餐點後，假陽具隨即震動起來，她渾身一震做出反應。

米西雅勉強咬緊下唇，千鈞一髮地忍住。

祕處已經跟失禁一樣溼成一片了。

她只想立刻抽送假陽具，貪婪地享受快感。

這間店裡沒人知道米西雅那邊因愛情果汁而溼答答的事情。

（我、我正在做非常壞的事情……）

心裡雖然想著這種事，卻好像隨時會隨波逐流任憑悅樂感擺布。

「客、客人，這是您點的培根蛋汁麵。」

即使如此，她還是流暢地接待著客人。

她漸漸習慣了。

（現在就想要諾倫的小弟弟……♥）

欲求不滿讓她摩擦起大腿。

本來應該因此事而開心才對，然而這次湧上身軀的卻是焦躁感。

米西雅思考著這種淫蕩的事情時，突然發現身邊有人的氣息而猛然回神。

是同事。

「欸，要不要去廁所一趟？」

「欸!?」

「妳從剛才就坐立難安不是嗎？」

「不了，我會忍住的。」

「不用客氣，外場我一個人也……」

「——八號桌的餐點好了。」

「我真的沒事，得把餐點送過去才行！」

米西雅柔和地道謝後，走向八號桌——諾倫他們那邊。

「久等了。」

她放下料理。

「謝謝，米西雅，狀況如何？」

諾倫興匆匆地如此詢問。

剛開始時米西雅差點脫口說出「想要諾倫」，但轉念一想卻又想要對諾倫使壞了。

「完、完全沒事唷？」

「欸——！」

「幹麼發出很遺憾的聲音啊。啊，話說在前面。如果像剛才那樣加強刺激的話，我就不再理你了唷！」

米西雅氣鼓鼓地別開臉龐，動作迅速地撤離現場。

諾倫一邊目送米西雅的背影離去，一邊感到失落。

「啊……做得太過火了嗎……」

諾倫垂頭喪氣，拉比梅亞笑了起來。

「剛才的話葛格信了？」

「當然囉？」

「她臉上明明寫著現在就想要葛格的小弟弟耶？」

「欸！」

拉比梅亞如此說道，她跟米西雅一樣接受著相同的刺激，所以也露出了很想要的表情。

「畢竟人家現在發情到極點了……♥米西雅的心情絕對也一樣喔？」

「是嗎，她是在逞強啊。」

「嗯，到了光是碰一下就會什麼都無法思考的……嗯嗯♥」

諾倫握緊拉比梅亞的左手後，她發出「嗚嗚♥」的甜美嗚咽聲，慾火難耐地扭動身軀。

「拉比梅亞，去了？」

「……嗯♥嗯嗯……♥」

拉比梅亞點了點頭。

（好猛！簡直像是吃下春藥一樣！）

諾倫不由得暗自竊喜。

其實是對諾倫想要的不得了，卻還是故作堅強的米西雅實在惹人憐愛。

「啊，不好意思，麻煩點一下餐！」

諾倫快快用完餐後，把米西雅叫了過來。

「幹麼？」

「我想吃甜點。」

「要點什麼？有冰淇淋跟鬆餅、芭菲，還有⋯⋯噫啊♥」

米西雅毫無防備地發出嬌喘，面紅耳赤。

發生什麼事了？

諾倫輕觸了米西雅的右手，就只是如此。

「米西雅，妳怎麼了？」

「嗯嗯♥沒、沒什麼⋯⋯♥」

「喔──」

「怎、怎麼了？」

嘴上雖然這樣說，卻是臉頰飛紅、眼瞳波光流轉。

218

「這樣做也沒事？」

「啊啊啊♥」

緊緊握住手的瞬間，米西雅有如在說無法忍耐下去似地拉高聲線。

米西雅失去平衡差點倒下去，諾倫即時將她抱住。

「還好吧？」

「……諾倫。好、好過分」

「不過米西雅也想要這樣吧？♥」

「嗯嗯♥」

米西雅用溼潤目光凝視諾倫。

諾倫也凝視米西雅。

兩人的脣漸漸靠近──

「好了好了，你們兩個，這裡可是餐廳唷。」

「呀！」

「嗚哇！」

拉比梅亞插進兩人中間。

「女服務生，這邊要點芭菲跟鬆餅，麻煩妳囉。」

「嗚嗚嗚……」

「欸，葛格也想立刻吃到甜點吧！」

「唔、嗯……」

「那麼，我、我去拿過來喔……」

米西雅一邊偷瞧諾倫，一邊離去。

「拉比梅亞，親一下也……」

「真正的甜點要保留到後面才行♥對吧？」

諾倫點頭同意拉比梅亞的話語。

諾倫結帳時，拉比梅亞一邊浮現意有所指的笑容，一邊朝米西雅揮手。

「麻煩算一下帳——」

米西雅在收回其他桌的菜單，卻無法從兩人的身影上移開目光。

（諾倫要回去了……！）

兩人離開店裡。

米西雅將點菜單硬塞給老闆，穿著制服就這樣衝出店內。

「老闆！對、對不起！請讓我……早退……！」

她朝四周張望，微微看到拉比梅亞的背影後追了上去。

拐過轉角時，諾倫跟拉比梅亞等在那兒。

米西雅猛然一驚停下腳步。

「兩、兩人都!?」

拉比梅亞垂著兔耳，用性感視線望向這邊。

「想說米西雅親會過來，所以在這邊等著呢……♥」

拉比梅亞散發出性感魅力的豔麗模樣讓米西雅吞了一口口水。

（我現在也露出了這種發情的表情……）

米西雅望向諾倫。

「米西雅，抱歉呢？」

「真是的……♥」

「來吧，去可以做愛的地方。」

目的地是拉比梅亞的家。

一衝進家裡，米西雅就抱住諾倫。

「我已經忍不住了♥好想被諾倫侵犯，想得不得了♥」

米西雅堵住諾倫的脣。

「嗯嗯……♥」

一邊疊合脣瓣，一邊舌頭交纏。

「嗯啾♥啾嗶♥啾啵♥舔舔♥嗯嗯♥啾啵♥呼嗯嗯♥還要♥諾倫，再多給我一點

口水嘛♥」

咕啾咕啾的淫靡水聲發出，唾液也起了白泡。

「米西雅好激烈呢。」

諾倫露出微笑。

「諾倫一直在玩我，這點小事就承受下來吧♥」

米西雅大舌頭地說著話，一邊用全身磨蹭諾倫做記號。

「欸，米西雅親！」

「呀啊!?」

拉比梅亞插了進來，搶回諾倫的脣。

「人家也一直在忍耐的說♥」

「拉比梅亞!?」

她堵上吃驚的諾倫的脣。

「嗯嗯♥啾啪♥葛格♥人家也發情了啦♥」

拉比梅亞編織出一點也不像是兔子、有如啃咬般的熱吻，一邊緩緩將手伸向諾倫的股間。

「咕嗯!?」

是受到剛才跟米西雅接吻的影響嗎，股間已經脹得硬邦邦的了。

「啊啊♥葛格真是的，事情變得很不得了了♥」

「拉、拉比梅亞……!」

拉比梅亞將陰莖拉出來。

青筋爆現的陰莖就在眼前，拉比梅亞發出陶醉的聲音。

「諾倫好大唷♥」

米西雅也目不轉睛地望著硬邦邦地挺立著的雄物。

男根一抽一抽地微顫，一邊流出忍耐汁。

拉比梅亞吻了陰莖。

「葛格，人家來讓你舒服舒服♥」

「不行♥要讓諾倫舒服的人是我♥」

米西雅也排在拉比梅亞旁邊吸吮陰莖。

陰莖右邊是拉比梅亞，左邊是米西雅。

（諾倫真是的，變得這麼興奮♥）

米西雅的慾火更加高漲。

諾倫帶著滿滿的優越感，俯視將臉湊向自己那根雄物的米西雅與拉比梅亞。

（好厲害的光景！）

米西雅發出甜美嘆息。

「啊啊♥好好聞的味道♥」

米西雅鼻翼膨脹，讓舌頭爬上來。

「舔舔♥嗯啾♥小弟弟好好吃♥」

米西雅讓舌頭爬在肉桿上，忘我地吸吮忍耐汁。

「人家也不會輸的唷♥」

拉比梅亞也不服輸地讓舌頭爬上肉桿。是競爭心也推波助瀾了嗎，她比平常還

激烈貪婪地吸吮著。

「舔舔♥舔舔♥諾倫的忍耐汁好好吃♥變得更興奮，更舒服吧♥」

陰莖立刻被兩人的唾液沾溼。

「很棒呢，妳們兩個。非常的舒服！」

「對吧？啊，這邊也替你玩弄一下♥」

米西雅輕輕吻上子孫袋。

「嗚嗚!?米西雅!?」

「這也一抽一抽地微顫好可愛呢♥雖然至今為止沒有這樣做過，嗯嗯⋯⋯不過可以曉得諾倫變舒服了唷♥」

「真是的，子孫袋被欺負就這麼棒嗎？流了好多忍耐汁出來呢？真是一個變態♥」

拉米梅亞用溼潤目光仰望諾倫。

如果不縮緊肛門的話，好像就會隨時射精似的。

米西雅陶醉地又是舔弄、又是吸吮睪丸，諾倫咬緊牙根呻吟。

「這、這是⋯⋯」

米西雅得意洋洋地說道：

「我可是太太，諾倫有快感的地方可是一清二楚的唷♥能讓諾倫舒服的人就只有我♥」

「不過人家也有武器♥」

拉比梅亞敞開胸口，露出像是要爆裂的乳房。

「喔喔……」

諾倫瞪大眼猛瞧有著美麗形狀的純白色乳房。

「嗯嗯!?諾倫，為什麼小弟弟對拉比梅亞的胸部起反應了!?」

「忍、忍不住就……」

「什麼忍不住，我的嘴不舒服嗎?」

「葛格喜歡大奶嘛。」

拉比梅亞用胸部軟綿綿地夾住陰莖。

「拉比梅亞……」

拉比梅亞雙頰飛紅。

「葛格真是的，這麼露骨地變舒服的話，米西雅親會很可憐呢♥嗯嗯……♥陰莖

在胸部裡面微顫，說它『好舒服』呢……♥」

拉比梅亞一邊用胸部套弄肉桿，一邊舔拭龜頭冠。

「啾嚕嚕♥啾啵♥啾嚕嚕嗯♥呼嗯♥啾啵♥舔舔舔♥要被忍耐汁溺死了♥更加興

奮、更加有快感吧♥」

「嗚嗚嗚嗚!!」

忍耐汁滿溢而出，被攪拌起了白泡。

「光是摩擦葛格粗獷的小弟弟，人家也變得舒服起來了♥」

拉比梅亞亂甩銀色長髮與兔耳，慾火難耐地扭來扭去。

乳頭堅挺地勃起著。

「拉比梅亞！」

諾倫忍耐不住，猛力捏住拉比梅亞兩邊的乳頭。

「噫咿咿咿咿嗯♥♥」

拉比梅亞輕易衝上頂點。

不只如此。

「諾倫！」

米西雅站起身軀，隨即貼上脣瓣。

米西雅在不知不覺間敞開胸口，露出了那對可愛胸部，然後就這樣緊緊抱了過來。

硬中帶軟的乳頭觸感很舒服。

「諾倫♥喜歡♥最喜歡了♥」

「米西雅，我也喜歡妳喔。」

「打從剛才小妹妹就麻麻癢癢的♥身體正在說它想要諾倫讓它舒服呢♥」

米西雅撩起裙子強調祕處。

那兒插著一根與可愛祕處毫不相稱的異形假陽具。

「這個，想要諾倫抽送它♥」

「明白了。」

諾倫抓住米西雅的假陽具，緩緩將它抽出。

緊緊縮住假陽具的膣內觸感傳向手中。

滋嚕滋嚕地拔出後，可以看見假陽具因愛情果汁而變色的模樣。

「嗯嗯嗯嗯嗯嗯♥」

「啊啊啊♥這個，好厲害♥小妹妹一抽一抽地顫抖了♥」

「我來讓妳更舒服！」

諾倫再次插入假陽具。

「噫啊啊啊啊啊♥進、進來了嗚嗚」

「米西雅的小妹妹縮得非常緊呢。」

「嗯嗯♥嗯嗯♥好猛♥要因為小弟弟玩具而變奇怪了♥」

米西雅亂甩雙馬尾，苦悶地扭動身軀。

「好，我再多動一動喔……咕嗚!?」

諾倫身軀倏地一僵。

拉比梅亞一邊用乳交，一邊用舌尖輕戳尿道口。

她嚇起嫩脣，吸吮忍耐汁。

「要讓葛格舒服的人是人家唷♥」

拉比梅亞一邊搖動兔耳，一邊尖聲說道。

「拉比梅亞真是的，被這樣擠壓的話，股間會被胸部壓扁的……！」

「可以的♥就算壓扁，也要讓葛格的小弟弟變成人家的所有物♥你看♥要像這樣

鑽挖尿尿的洞囉♥」

「拉比梅亞……！」

諾倫按捺不住地向上挺腰。

拉比梅亞用豐滿胸部裹住微顫的雄物，一邊更加起勁地套弄它，讓它陶醉不已。

「一直在微顫呢……要被好聞的氣味嗆到了♥忍耐汁讓胸部跟嘴巴都變得黏答答

的了。」

「諾倫！不要輸給拉比梅亞♥也挖挖我的小妹妹♥」

「明、明白了！」

射精慾望雖在背後推波助瀾，諾倫仍是激烈地抽送假陽具。

咕啾！滋啾！滋啾！啾噗！

「啊啊啊♥沒、沒錯♥就這樣讓我高潮♥」

米西雅一邊從祕處滲出起白泡的愛情果汁一邊扭動柳腰，就像在說還想要假陽具多鑽挖一些似的。

蜜汁滿溢而出，滴落至地板。

諾倫的手也被愛液弄得黏答答的。

不過在下個瞬間，拉比梅亞將前端含入入口中。

「拉比梅亞!?」

一旦被含進溫暖的嘴裡，就已經是萬事休矣了。

「嗚嗚嗚嗚嗚嗚嗚!!」

諾倫朝拉比梅亞嘴裡大肆射精。

「咕嗯!?」

拉比梅亞流露苦悶表情，卻還是咕嚕咕嚕努力地喝著。

「嗯嗯……♥」

拉比梅亞緩緩抬起頭，依舊堅挺的陰莖咻的一聲有如彈跳般飛出嘴裡。

拉比梅亞滿足地輕撫腹部。

「葛格的精液全部喝下去了♥不愧是現搾的第一發，非常地濃郁，棒極了♥」

拉比梅亞用舌頭舔嘴脣，故意做給諾倫看。

「葛格，覺得如何呢？」

「嗯，非常的……欸？」

臉頰被輕戳，諾倫望向那邊後。

「明明馬上就能高潮的說♥」

米西雅怨懟地低喃。

「──人家收下了第一發精液，所以米西雅要先做愛也行的唷？」

拉比梅亞眨了眨單眼如此說道。

「謝謝，拉比梅亞♥……諾倫♥」

米西雅用雙手抵住牆壁，將屁股挺向諾倫。

她搖動倒愛心形的臀部，強調滿是蜜汁的祕裂處。

「諾倫，讓我高潮♥」

「在那之前，得先拔掉這個……」

諾倫猛然拔下假陽具。

「噫啊啊啊～♥」

假陽具與柔肉之間架起蜜汁愛液的絲線。

膣內空空洞洞的模樣很淫穢。

「給妳真正的肉棒吧！」

諾倫捏入男根。

咕啾！滋啾！陰莖強而有力地挺進。

前端有力地刺進盡頭處後，米西雅腦袋一片空白衝上頂點。

「啊啊啊啊啊啊嗯♥」

諾倫從一開始就激烈地前後扭動腰部。

面對簡直像是連腦袋裡面都一起攪拌下去的鮮明悅樂快感，米西亞停不住嬌喘。

「真貨果然好棒♥比起什麼假貨，諾倫的小弟弟才是最棒的♥再多衝刺一些♥還要……♥」

諾倫用腰擠壓屁股。

他有如要讓屁股彈跳般使用腰部，啪啪啪的乾燥聲音迴響四周。

「米西雅的小妹妹縮得好猛！」

「因為我一直在等待嘛♥在店裡時那根假弟弟就一直刺激子宮，讓我忍不住妄想

自己被諾倫侵犯♥」

「既然如此，就侵犯到妳爽為止吧！」

「好開心喔──♥♥」

諾倫從背後壓住米西雅，用力掐住乳頭。

「噫咿咿咿咿咿咿咿嗯♥」

米西雅再度輕易高潮。

米西雅亂甩雙馬尾，變得更加意亂情迷。

「──米西雅親♪」

拉比梅亞在這裡現身。

「拉、拉比梅亞，別礙事啦♥妳不是說我可以先做愛的嗎！」

「雖然讓妳先上，不過看你們兩人搞得這麼激烈，人家再也忍不住了嘛♥放心吧，不會把葛格偷走的」

拉比梅亞把胸部挺到米西雅眼前。

「吸吧♥奶頭變得麻麻癢癢的了♥」

「拉比梅亞的胸部♥」

米西雅沉醉於快感，吸住拉比梅亞的胸部。

「啊啊啊啊啊嗯♥米西雅的吸功好棒♥」

米西雅有如變回小嬰兒般又是用牙齒輕咬勃起乳頭，又是巧妙地使用舌頭吸住它。

「拉比梅亞的奶頭變得硬邦邦的了♥」

「米西雅簡直像是小寶寶呢♥」

拉比梅亞輕撫米西雅的頭。

「妳、妳們兩個!?」

女孩兒之間突然開始相親相愛，這讓諾倫不由得發出聲音，陰莖也倏地一顫。

「諾倫的小弟弟震動了♥」

「身為雄性我可不能輸呢！」

諾倫激烈地前後扭腰。

咕啾！滋啾！滋啾！咕啾！

「好、好激烈♥再多插一些♥把小妹妹弄得更亂七八糟♥讓我高潮♥」

連接部位一邊滲出蜜汁，一邊冒出白泡。

「諾、諾倫……♥」

米西雅從拉比梅亞的胸部上面移開嘴巴，回頭望向諾倫。

諾倫回應米西雅的期待，跟她接吻。

「嗯嗯嗯嗯……♥」

一邊接吻，一邊用子宮口接納陰莖——米西雅沉醉在甚至會讓人忘記呼吸的愉悅感中。

祕處感受到精種的氣息，開始收縮。

「咕嗚！」

諾倫至今一直激烈地扭動著的舌頭停止動作。

「諾倫，該不會是快射了……？」

「嗯，想射在米西雅體內！」

看到這種應對後，拉比梅亞露出微笑。

「真是的，好嫉妒呢♥」

「等一下也會立刻射在拉比梅亞裡面的……哇啊，米西雅!?」

米西雅的膣壓變強，諾倫發出叫聲。

「把太太晾在一邊還說這種話，不讓你射囉!?」

「抱、抱歉……!」

「嗯嗯……知道就，好……!」

米西雅一邊搖動蜜桃臀，一邊搾取男根。

「出來了嗚嗚嗚!!」

諾倫朝米西雅體內盡情解放。

炙熱樹液火熱地燃燒深處。

「去了要去了♥諾倫滾燙的精液射進來了♥要去了♥」

米西雅腦中燒得一片通紅，噗咻一聲潮吹了。

「啊啊♥好、好猛唷……♥」

滋嚕一聲拔出陰莖後，身軀栽向前方倒了下去。

米西雅全身抽搐，至今為止一直深埋膣內的插入感頓時消失，這種寂寥感令那邊發疼。

兩人激烈的性愛場景讓拉比梅亞子宮緊縮。

一直放著跳蛋的發情膣肉又麻又疼。

「葛格♥」

拉比梅亞一抱住諾倫，就立刻熱烈地吻了上去。

「啾啵♥舔舔♥葛格，人家也不會輸給米西雅親，裡面一直放著玩具舒服得要命

呢♥」

「嗯，抱歉一直讓妳等待……！」

「沒事的，因為一開始人家就喝下了葛格的精液嘛♥」

諾倫讓拉比梅亞用仰躺的姿勢躺著。

拉比梅亞張大雙腿，用右手撐開裂縫表示要諾倫替她拿下跳蛋。

「拉比梅亞很努力呢。」

光是拿掉跳蛋就微微高潮了。

「嗯嗯嗯……♥」

拉比梅亞雙頰緋紅，彎曲柳眉。

「葛格，人家很努力唷♥」

「嗯，在店裡時真虧妳忍得住呢，真棒真棒。」

兔耳啪噠一聲倒伏。

諾倫壓到拉比梅亞身上，用正常體位將陰莖抵住祕處。

「要去囉！」

「快來♥」

陰莖滋噗滋噗地塞入。

「嗯嗯嗯♥」

雄壯肉塊撞擊深處，拉比梅亞輕易就高潮了。

諾倫無視高潮，激烈地前後扭動腰部。

「嗯♥啊啊♥嗯嗚嗚嗚♥」

葛格的小弟弟在人家裡面一抽一抽地顫抖著♥」

沉甸甸胸部被諾倫的胸膛壓扁，快感電流透過乳頭迸射而出。

柔肉毫不間斷地被鑽挖，雙腿到腳尖都伸得筆直。

「嗚嗚！拉比梅亞小妹妹的緊度，不妙……！」

「因為葛格弄得人家好舒服嘛♥」

拉比梅亞將臉龐埋進諾倫的胸膛。

（葛格身上的雄性氣味好猛♥發情停不住了♥）

身軀的核心愈燒愈旺。

勃起乳頭變成讓人更加沉迷於快感的器官，光是緊貼身軀都會感到恍惚。

陰莖滋噗一聲刺入，眼睛爆出甜美火花。

「噫咿咿咿嗯♥」

「拉比梅亞的子宮下降了！」

諾倫用力握緊拉比梅亞的雙手，激烈地扭腰。

「啊啊♥呼啊啊♥嗯嗯♥刺進來了♥要被操死了♥好猛唷♥」

諾倫用力握緊拉比梅亞的雙手，激烈地扭腰。

「我會讓拉比梅亞欲仙欲死的！」

「好開心♥」

「──諾倫很努力地扭著屁股呢♥」

「米西雅!?」

「米西雅親!?」

諾倫跟拉比梅亞同時發出聲音。

米西雅跨到拉比梅亞臉上跟諾倫面對面，接著立刻接起吻。

「米西雅親，不要礙事嘛♥……葛格也是，為什麼被親吻小弟弟會變大啊！」

拉比梅亞出聲抗議。

「這、這個只是生理反應……」

諾倫支支吾吾時，米西雅嘟起嘴唇。

「葛格真是過分呢，光是人家的吻還不滿足啊！」

「並、並不是這樣子……」

「真是的，諾倫被我的吻迷得神魂顛倒，最好跟拉比梅亞說清楚⋯⋯噫啊啊♥」

米西雅亂甩雙馬尾，向後仰起身軀。

拉比梅亞在吸吮米西雅的祕處。

「米西雅親真是的，太貪心了♥」

至今為止米西雅都表現得很從容，此時卻臉色大變。

「拉比梅亞，不行！別把諾倫射給我的精種吸出來啊♥」

「啾嚕♥啾嚕嚕嚕♥居然從葛格那邊收下這麼多汁液，好羨慕♥人家也想要這麼

多♥」

「拉、拉比梅亞馬上就能得到了♥啊啊啊，不行喝啦啊啊♥」

從柔肉的反應可知米西雅衝上頂點了。

拉比梅亞立刻發出聲音。

「葛格！就是現在！讓人家高潮♥」

諾倫腰部的急躁動作表示他快射精了。

「射出來，葛格♥射出來啊♥」

「要出來了⋯⋯！」

膨脹的陰莖在膣內爆發。

「精液，進來了嗚嗚嗚♥要去了嗚嗚♥子、子宮燒起來了♥啊啊啊啊啊啊啊啊……去了嗚嗚嗚嗚嗚♥♥」

拉比梅亞淚眼汪汪滿足不已。

下腹部被暖和的感覺裹住，拉比梅亞不只是身軀，連兔耳都一抽一抽地微顫。

「呼啊……♥啊啊……♥」

拔出陰莖後，方才跟諾倫連接在一起的地方咕啵咕啵地發出聲響，一邊溢出倒流的精種汁液。

「呼啊……啊啊……！」

拉比梅亞一臉幸福地暈過去了。

第六章 我理想的蜜月旅行～溫泉獸耳後宮

諾倫等人在自己家中度過下午茶時光。

他們也邀請了拉比梅亞，所以很熱鬧。

「嗯～妳們兩人都很會做料理呢♥」

拉比梅亞一邊搖擺耳朵，一邊大塊朵頤吃著手工餅乾。

「呵呵，是吧♪」

「欸嘿嘿，謝謝♥」

米西雅跟琦瑟也開心地微笑。

「欸，葛格。下次大家要不要找個地方出去玩？」

「不錯呢──啊，記得我們好像還沒去過蜜月旅行呢？」

「蜜月旅行……？」

米西雅跟琦瑟一起歪頭露出困惑表情。

「啊，是嗎?」

拉比梅亞點點頭。

「真是的，別只有你們兩人露出明白的表情好嗎?」

米西雅如此抗議後，諾倫開始說明。

「就是大家一起去旅行紀念結婚。」

「真是美妙呢!」

琦瑟似乎也有了那個意思。

「米西雅要怎樣做?」

「當然想去啊!雖然不懂為什麼結婚就要去旅行就是了……」

「那麼要去哪裡?」

拉比梅亞也加入話題。

「拉比梅亞真是的，妳沒跟諾倫結婚吧?」

「欸?現在才要把人家排除在外?好過分——」

「可是拉比梅亞畢竟沒跟諾倫結婚……」

米西雅像是要詢問意見般望向諾倫。

「拉比梅亞平時就很照顧我們，所以一起去吧。」

「太好了！」

拉比梅亞雀躍無比，感情豐富地動著兔耳。

「找個地方去玩吧，大家心裡有什麼名單嗎？」

「哥哥，蜜月旅行是要去哪裡呢？像是野餐那樣嗎？」

「不對，不是野餐，像是飯店或是旅館之類的……找個地方大家一起過夜，有溫泉之類的東西就更棒了。」

「大家想不到的話，人家倒是心底有個底唷，可以嗎？」

「真的嗎，拉比梅亞？」

「嗯。」

「是哪裡？」

「去了就曉得，好好期待囉。大家應該會喜歡才對。」

就這樣，目的地要保留到當天再公布，讓大家期待一番。

數天後，在拉比梅亞的帶領下，眾人前往位於山上的某間旅館。

那間旅館似乎以溫泉為豪。

諾倫跟米西雅，還有琦瑟都大吃一驚。

「好厲害唷！想不到拉比梅亞居然知道這麼棒的地方，是之前有來過嗎？」

「其實是人家抽中了招待券，想說一個人去也有點那個，所以剛剛好呢。」

「要感謝拉比梅亞的籤運呐。」

「──你們兩個，是在幹麼呀？快點快點！」

（兩人都很中意的樣子，太好了。）

「現在就過去了！」

諾倫與拉比梅亞追上米西雅她們。

走在前面的米西雅跟琦瑟朝這邊揮手，催促諾倫他們。

被帶到房間後，可以從那邊瞭望到絕美景色。

群山繚繞著溫泉的青煙，在藍天的對比下顯得相當美麗，山谷的河流沐浴在日光下熠熠生輝。

「諾倫，蜜月旅行要做什麼呀？有行事規矩嗎？」

「沒有規矩這種複雜的東西啦，只要一起開心就行了吧？」

「只要這樣就行了？」

「嗯。」

「那在家裡不是也一樣嗎？」

「享受不同於平時的環境，我覺得也很重要唷。」

「哥哥請用。」

琦瑟立刻替大家端上紅茶。

「琦瑟，謝謝妳。」

「光是能像這樣跟哥哥在一起，我就好開心♥」

「琦瑟真是乖孩子呢。我當然也一樣，光是能跟諾倫在一起就很幸福唷？」

琦瑟抱住右臂，米西雅則是擁住左臂。

「妳們兩人。啊哈哈哈……好害羞呢。」

諾倫不由自主露出苦笑。

「呵呵，謝謝招待♪——不過難得來這裡一趟要好好享受，去泡溫泉吧。」

拉比梅亞站起身軀。

「可是，這樣諾倫就變得孤零零的了……」

米西雅來回看著拉比梅亞跟諾倫，諾倫笑道…

「米西雅，去好好享受吧，琦瑟也是。」

「妳們隨時能跟葛格黏在一起吧？」

拉比梅亞一邊拖著米西雅跟琦瑟——

「諾倫，我們馬上就回來了！」

「路上小心！」

諾倫目送三人離去後，以仰躺姿勢躺到床上。

（拉比梅亞是在體貼我嗎？）

最近老是在做愛，感覺有些疲憊。

諾倫閉上眼睛後，立刻就墜入夢鄉了。

拉比梅亞她們抵達露天浴場。

大家在脫衣間那邊脫下衣服後，用毛巾遮著前面前往浴室。

出現在霧氣另一側的是用木材製作的浴槽，裡面滿放了綠色的熱水。

「嗯？這股氣味，是什麼呀……？」

「拉比梅亞親，這個就是溫泉的氣味唷。嗯！感受到這股香氣，就有一種來泡溫泉了的感覺呢！」

琦瑟抽動鼻子聞了幾下後，拉比梅亞說道：

「這個就是溫泉啊⋯⋯」

米西雅用水淨身後，將腿伸入浴池。

「好燙⋯⋯」

呵呵，拉比梅亞露出微笑。

「溫泉就是會有點燙，不過這樣才好呢。」

琦瑟也跟在米西雅她們後面用水淨身。

「雖然燙⋯⋯卻非常地舒服♥」

浸到肩膀那邊後，拉比梅亞發出甜美嘆息。

「嗯，真的。被治癒了♥」

「跟普通的泡澡截然不同呢，而且也很安靜。」

米西雅跟琦瑟露出飄飄然的神情。

「因為現在是淡季，所以我們才能獨占這麼豪華的浴場唷？」

「是嗎？啊，好幸福——」

米西雅嗯了一聲舒展身軀。

「拉比梅亞親，不過機會難得，哥哥也能一起泡澡就好了不是嗎？」

琦瑟如此說道後，拉比梅亞聳了聳肩。

「女生之間也有很多事情可以聊吧？」

「舉例來說？」

米西雅歪歪頭。

「舉例來說⋯⋯婚姻生活如何呢？」

拉比梅亞因好奇心而兩眼發光，米西雅與琦瑟相視而笑。

「當然非常幸福囉，畢竟諾倫很重視我們兩人嘛。對吧，琦瑟？」

「是的，能跟哥哥在一起非常地幸福。拉比梅亞親不結婚嗎？」

兩人幸福的模樣讓拉比梅亞露出受夠了的表情。

（真是的，雖然是人家自己問的，不過妳們也挺能秀恩愛的嘛。人家也想跟葛格⋯⋯）

她一邊思考這種事——

「哎，如果有很棒的老公出現的話。」

一邊說出這種話。

「欸？拉比梅亞還真是浪費呢，明明這麼可愛⋯⋯」

「是哪裡可愛？」

米西雅緩緩接近拉比梅亞身邊。

「像是這個之類的！」

「呀啊！」

胸部被輕輕觸碰，拉比梅亞發出羞恥叫聲。

「做、做什麼啦米西雅♥」

「欸，要怎麼做才能變得這麼大呀？」

「就算問人家要怎麼做……人家也只曉得自然而然就……」

「好羨慕——！」

「琦瑟!?」

琦瑟在不知不覺間接近身邊。

琦瑟也用溫柔動作揉捏起胸部。

「等一♥會癢的啦……♥」

米西雅紅著臉頰移動身軀。

「好大的胸部……♥我如果也有拉比梅亞這種程度的大胸部，就能夾住諾倫的小

弟弟讓他舒服的說……」

「大也只會不方便而已啦。肩膀會痠，男人還會盯著猛瞧，好處是很少的唷？」

「唔，妳還挺從容的嘛！」

米西雅嘟起嘴脣。

「真是的，這是在耍什麼彆扭呀。」

拉比梅亞笑道。

就在此時，拉比梅亞她們感受到人的氣息猛然一驚。

「──妳們三個，在做很有趣的事情呢。小胸部我也喜歡的唷？」

出現的人是諾倫，拉比梅亞吃了一驚。

（好不容易才替你製造出休息時間的說。）

是把這種想法表現在臉上了嗎，諾倫輕輕向拉比梅亞合掌表示歉意，接著對米西雅她們說道：

「自己一個人獨處果然靜不下來呢。」

「欸，諾倫。這樣沒關係嗎？雖然現在是淡季，但這裡可是女湯唷？」

「嗯，被旅館的人發現就慘了，所以要安靜唷……」

諾倫用手指抵住嘴脣，然後用水淨身緩緩浸入浴池。

「溫泉最棒了！」

明明自己說要安靜，卻又歡騰起來。

米西雅跟琦瑟大笑。

「諾倫，我們也說了一樣的話。」

「我的心情也跟哥哥一樣喔。」

「葛格最棒了！」

諾倫游到拉比梅亞她們那邊。

「呵呵，諾倫真像個孩子似的。」

米西雅笑道。

「有這麼大的浴池，不會想要游泳嗎？」

「不是不懂這種心情就是了。」

此時，米西雅靠上諾倫的右肩，琦瑟則是湊向左肩。

「諾倫，關於剛才的話題。」

「剛才的？」

「胸部的事。」

「啊啊，那個怎麼了？」

「諾倫雖然也喜歡小胸部，不過看到拉比梅亞的胸部我還是好羨慕♥」

「請哥哥多揉揉我的胸部！這樣做應該就會變大到讓人嚇一跳的地步♥」

「妳們兩個，我知道了，別這麼慌張。總之先去那邊把身體洗一洗後⋯⋯」

「葛格，等一下！」

拉比梅亞緊緊抱住諾倫的背部。

「拉比梅亞!?」

緊貼背部的胸部觸感令諾倫身軀一震做出反應。

「我來替葛格洗身體，每一個角落唷♥」

「我、我也要！」

「我來洗哥哥的身體！」

米西雅跟琦瑟也要加入。

諾倫被米西雅她們帶到浴室的椅子上坐下。

「大、大家，我可以自己洗的唷？」

「諾倫，我們都熟知彼此身上的每一個角落，事到如今沒必要害臊吧？」

「哎，或許是吧。」

諾倫右側是拉比梅亞，米西雅則是在對面，左側是琦瑟。

「那就開始洗囉。」

米西雅把手中的沐浴乳搓出泡泡，輕觸諾倫的身軀。

「舒服嗎？」

「嗯，很舒服喔。」

琦瑟也用小手努力地搓出泡泡，溫柔地洗著諾倫的左手。

「兩人都好棒。」

「呵呵，米西雅親跟琦瑟親都很乖巧呢。」

如此說道的人是拉比梅亞。

她將沐浴乳搓出泡泡後，開始塗在自己身上。

（欸？拉比梅亞!?）

大胸部沉甸甸地彈跳。

「妳們兩個仔細看好♥」

拉比梅亞雙頰飛紅，抱住右臂。

麻糬般的胸部軟綿綿地變形，一邊裹住手臂。

「只要這樣做就變得非常舒服唷♥」

拉比梅亞一邊用胸部磨蹭，一邊上下移動身體。

「如何？」

「棒、棒極了……」

「諾倫！」

「抱歉，米西雅！」

「……這樣很好的話，那我們也……！」

米西雅她們也不服輸地用沐浴乳在掌心搓出泡泡，再塗抹到身上，接著抱向諾倫。

滑膩柔肌與硬挺勃起的乳頭產生舒服的刺激感。

（小巧玲瓏的胸部……也不錯！）

「諾倫♥」

米西雅用溼潤眼神望向這邊，向諾倫索吻。

「嗯嗯♥啾嘿♥也得讓諾倫的嘴巴，好好地舒服才行♥舔舔♥舔舔♥啾啵♥啊啊

「啊……♥」

舌頭交纏，交換唾液。

「哥哥，我、我也要！♥」

「葛格──♥」

琦瑟跟比梅亞也朝這邊索吻，諾倫奪去兩人的脣瓣。

米西雅催促諾倫，要他用仰躺的姿勢躺下。

「也有這種洗法唷♥」

米西雅緊緊抱住諾倫，有如磨蹭般激烈地上下搖動身軀。

因沐浴乳而變得溼溼滑滑的蜜桃臀擠壓陰莖。

「嗚嗚!?米西雅……!!」

雄物充血，不斷膨脹。

「啊嗯♥」

米西雅發出甜美嘆息，用泛出水光的眼神凝視諾倫。

「諾倫，現在不是在做愛，只是在洗身體唷？」

「抱歉，忍不住就……」

啊哈哈哈——諾倫發出苦笑。

「這次輪到琦瑟了。」

米西雅將地方讓給琦瑟。

「呵呵，米西雅完全讓哥哥興奮起來了♥」

「米西雅謝謝♥這次換我來讓哥哥舒服唷♥」

琦瑟將屁股轉向諾倫那邊擺出69體位，用滿是沐浴乳的雙手裹住雄物。

「嗚嗚!?」

「這裡是重要的地方，得確實洗乾淨才行呢♥」

琦瑟有如套弄般，用小手勤奮地洗著雄物。

她仔細地進攻繫帶跟龜頭還有冠狀溝後，忍耐汁滲了出來。

「舔舔♥」

前端被含住了。

「嗚嗚嗚嗚嗚!?」

「啊啊嗯♥汁液不斷溢出來了♥」

琦瑟不曉得是要把男根弄乾淨，還是要讓它舒服似地吸吮著。

「葛格，琦瑟親的嘴就這麼棒嗎?」

拉比梅亞笑著說道後，用滿是沐浴乳泡泡的胸部夾住陰莖。

「拉比梅亞!?」

「拉比梅亞親，現在是我……!」

諾倫與琦瑟同時出聲，然而拉比梅亞卻對琦瑟眨了眨眼。

「兩個人一起做的話，葛格一定會更幸福的唷。」

「……明白了。」

取得琦瑟的理解後，拉比梅亞用胸部裹住陰莖，又讓舌頭爬上前端。

258

諾倫身軀顫抖。

「兩、兩人同時!?」

「嗶啾嗶啾♥啾嚕嚕嚕♥葛格的小弟弟被忍耐汁汁弄得溼答答了」

「哥哥，嗯嗯♥請使用我們變得更舒服吧♥啾啪啾啪♥最喜歡哥哥了♥」

「妳們兩個……!」

諾倫有如被快感驅使般移動腰部後，兩人更加性感地扭動身軀。

「兩人都對小弟弟好著迷唷♥那麼諾倫，請用胸部吧♥連乳頭都變得如此硬挺了呢♥」

米西雅展示胸部後，諾倫吸了上去。

他發出啾啪啾啪的口水聲舔拭乳頭。

「啊啊啊啊嗯♥麻酥酥的了……♥」

米西雅一邊扭動嬌軀，一邊露出情慾表情。

「米西雅的奶頭真的變得硬邦邦的了。」

「啊啊嗯♥」

諾倫不只是舔拭，也用牙齒輕咬，享受米西雅的乳頭。

「哥哥，舔米西雅的乳頭興奮了?」

「明明兩人齊上要讓小弟弟舒服的說，葛格真是的，意思是自己比較喜歡米西雅的胸部嗎？」

「不、不是這樣……」

「呵呵呵，諾倫很溫柔或許說不出口，不過我的乳頭可是諾倫的菜唷♥」

米西雅輕輕搖貓尾巴，一邊感到悅樂。

琦瑟跟米西雅像是在說些什麼似的。

下個瞬間。

「嗚哇!?」

諾倫被琦瑟與拉比梅亞推倒，被迫變成趴著的姿勢。

「妳們兩人是要做什麼!?」

諾倫被迫做出趴著的姿勢後，琦瑟握緊陰莖

這待遇簡直像是在替牛擠奶似的。

「琦瑟!?」

「我們要用舒暢感把哥哥變成俘虜♥」

而且屁股產生怪怪的感覺。

「這邊也要好好地弄一弄唷♥」

拉比梅亞將臉龐埋進屁股，扭動舌頭進攻。

平常不曾意識過的場所被進攻，諾倫感到困惑。

「拉、拉比梅亞，那邊很髒的……！」

不曾體驗過的妖異觸感令諾倫心神大亂。

「就是為了弄乾淨才這樣做，沒事的♥」

（腦袋要變奇怪了！）

全身都起了雞皮疙瘩。

「葛格的屁股又是緊縮又是顫抖的好可愛♥」

拉比梅亞更加起勁地動舌頭。

「拉比梅亞！這樣很不妙的！」

琦瑟發出聲音。

「拉比梅亞！這樣很不妙的！」

「流好多汁出來了，啾嚕嚕嚕！」

「琦瑟當然也很舒服！」

「哥哥，我的手如何呢？」

「嗚嗚嗚嗚!?」

被琦瑟一邊套弄一用舌頭輕戳尿道口，忍耐力轉眼間就到了極限。

「出來了！」

咻嚕嚕嚕嚕！氣勢凶猛地射精了。

諾倫全身虛脫，翻身仰躺在地板上。

「琦瑟，拉比梅亞……剛才那樣犯規啦……」

「真是的，居然被拉比梅亞跟琦瑟弄到射精了。」

米西雅氣呼呼地鼓起雙頰。

「抱歉……不過剛才那個實在是太出乎意料……！」

諾倫氣喘吁吁地呻吟。

另一方面，拉比梅亞與琦瑟卻是一臉滿足。米西雅臉頰紅暈扭捏起來。

「不過呀，諾倫，還沒有結束喔。因為我們的小妹妹也想讓你洗一洗呢♥——而

且諾倫的小弟弟也還幹勁十足唷♥」

諾倫的雄物仍然硬邦邦地勃起著。

「好！這次輪到我替米西雅把身體洗乾淨了！」

「謝謝♥」

米西雅用仰躺的姿勢張開雙腿，強調祕裂處。

「舔它♥」

諾倫讓舌頭爬上裂縫。

「啊啊♥好、好棒唷♥」

米西雅發出性感嬌喘。

祕裂處黏答答地溼成一片，讓舌頭爬上去後，酸甜滋味在嘴裡擴散。

「諾倫！」

米西雅緩緩後仰身軀，一邊將諾倫的頭壓向裂縫。

「咕嗯!?」

「再、再多吸一點♥嗯嗯嗯嗯♥」

愈是吸吮，雌性的發情氣味就愈是強烈。

雄物又麻又熱又漲痛。

「米西雅的小妹妹非常的燙呢。」

「跟諾倫肌膚相親，身體就愈變愈熱了♥」

諾倫將手指插入裂縫，有如掏挖蜜汁般使用手指。

「啊啊啊嗯♥好棒喔♥」

米西雅有如抱住般，用雙腿夾住諾倫的頭。

「……發情了嗎?」

「光是跟諾倫待在一起就發情了♥」

米西雅的膣內黏膩淫滑到會牽出絲線的地步，溫柔地吞下手指將它縮緊。

淫靡的溫度令血脈賁張。

「是性感的太太真是太好了。」

諾倫滋嚕滋嚕忘我地舔拭溫暖的愛情果汁。

「嗯嗯嗯嗯♥要去了嗚嗚嗚嗚♥」

米西雅淚眼汪汪地衝上頂點。

浴場中迴響著米西雅牽出絲線的淫蕩聲音。

米西雅呼呼的喘氣。

「小妹妹完全融化了呢。」

「諾倫，進來♥想要諾倫了……♥」

「明白了！」

米西雅眼瞳浮現懇求神色，諾倫壓在她身上插入陰莖。

滋嘆滋嘆。

「啊啊♥好、好舒服喔♥」

淫淫滑滑的膣壁因貪欲而縮緊。

264

「諾倫，好棒♥小弟弟一抽一抽地顫抖著♥」

「我也感受著米西雅的小妹妹喔！」

諾倫一邊抽送腰部，一邊親吻米西雅。

「也玩弄胸部♥奶頭變得硬邦邦了♥」

「好！」

諾倫一邊摩擦米西雅低調的胸部，一邊溫柔地輪流輕咬左右邊的乳頭。

「再多玩弄胸部一些，把胸部搞大♥」

接合處咕啾咕啾地爆發淫穢聲音。

陰莖愈是突刺米西雅的深處，膣壓就變得愈強烈。

「米西雅還真貪心呢。」

「是諾倫把我變成貪心的雌性的♥」

諾倫一邊對米西雅的少女心感到溫馨，一邊持續動著腰部。

「米西雅親看起來非常幸福呢♥」

「我也來幫忙把米西雅的胸部變大唷♥」

拉比梅亞跟琦瑟吸住米西雅的胸部。

「妳們兩個都!?」

米西雅有如扇子般展開頭髮，全身一震一震地痙攣。

「嗯，米西雅的乳頭好可愛呢。硬邦邦地勃起著……啾♥」

拉比梅亞跟琦瑟簡直像是被餵奶的嬰兒般，吸住米西雅的乳頭。

「不行不行♥我想被諾倫吸，而不是被妳們兩個吸啊♥」

米西雅眼尾浮現淚水，因快感而滿足。

「米西雅，也好好地用我的小弟弟舒服吧！」

諾倫激烈地前後搖動腰部，就像在說至今為止都只是怠速似的。

噗啾！咕啾！滋啾！

「啊啊啊啊♥呼啊啊啊嗯♥再多進來一些♥好、好猛唷♥」

是因為把平常綁成雙馬尾的頭髮放下來的關係嗎，米西雅與她平時的氛圍不

同，看起來更淫蕩了。

「好、好像快要去了……♥」

米西雅混雜著嗚咽聲，全身微顫。

「葛格，給米西雅親精液吧♥」

「哥哥，米西雅看起來好想高潮呢♥」

「要去了♥」

266

「米西雅，去吧！」

諾倫朝米西雅膣內射精。

「啊，熱熱的出來了♥要去♥要去了嗚嗚嗚嗚嗚♥」

米西雅將雙腿筆直地伸至腳尖，浩浩蕩蕩地衝上頂點。

「米西雅妳還好吧？」

諾倫探頭望向米西雅的臉龐。

「……非、非常地舒服♥」

米西雅嘴巴半開，眼尾浮現淚如此低喃。

「泡熱的身體都涼掉了，浸回浴池吧。」

諾倫用公主抱抱起米西雅，跟她一起進入浴池。

此時琦瑟跟拉比梅亞抱住諾倫的背部。

「哇啊!?妳們兩個這是!?」

「哥哥，接下來請跟我做♥拜託了♥」

「當然。」

「等一下，葛格♥能跟我們兩人做嗎？」

「兩人？不是輪流？」

拉比梅亞跟琦瑟咬耳朵。

琦瑟露出驚覺的表情，卻又立刻點點頭。

「哥哥，請跟我還有拉比梅亞……一起做愛♥」

「明白了，不過要怎麼做才好呢？」

諾倫如此說道後，拉比梅亞跟琦瑟把手放到浴池邊緣，並且朝他挺出屁股。

「嗚喔!?」

諾倫不由得發出怪聲。

兩人的屁穴當然用不著說，有如塗上糖漿般展現出淫靡溼滑感的裂縫也是一覽無遺。

就在諾倫感到啞口無言時，拉比梅亞回過頭。

「葛格，不用思考從哪邊先開始，同時侵犯我們吧♥」

「明白了。」

諾倫將手指插進兩人的祕處。

兩人的陰裂性感地軟化，吸附住指尖。

琦瑟的小妹妹比較狹窄。

擠壓感很強烈，肉褶也淫蕩地纏上來。

268

話雖如此，也不表示拉比梅亞的小妹妹很鬆弛。

她的膣肉溫柔地裹住陰莖，被肉褶吸住後就會有身歷其境的鮮明觸感，棒到極點令人難以忍受。

「哥哥……嗯嗯♥小妹妹酥酥麻麻的♥」

「好好唷，被葛格用手指摩擦小妹妹而樂著呢♥」

兩人都臉頰飛紅，嚙著淚扭動身軀。

那種淫蕩表情令情慾更加高漲。

「妳們兩人都是，這副模樣真是棒極了！」

更加賣力地抽送手指後，開始咕啾咕啾地發出牽絲般的聲音。

「兩人的屁穴也跟小妹妹一樣一抽一抽的呢。」

「哥哥，不、不可以看那邊」

「對、對呀，葛格，那邊可不是重點唷♥」

兩人動搖的模樣看起來實在棒到不行。

「是妳們兩人主動翹起屁股的，是希望我玩弄那邊吧？」

「是、是沒錯……！」

此時琦瑟用陶醉表情凝視拉比梅亞。

「拉比梅亞親。」

被目不轉睛地凝視，拉比梅亞也沉著不下來地扭動身軀。

「怎、怎麼了？琦瑟親⋯⋯♥」

「拉比梅亞舒服的表情非常地有魅力⋯⋯♥」

「這、這種事⋯⋯琦瑟親也一樣唷♥」

此時諾倫插嘴說道：

「好！」

「完全不一樣喔，拉比梅亞感覺更加陶醉⋯⋯」

「葛格真是的⋯⋯對了，只用手指可以嗎？要吸吮也行的喔？」

諾倫吸住拉比梅亞的祕裂處。

「啊啊啊啊啊嗯♥不用這麼猴急也行的♥人、人家不會逃走啦♥」

諾倫插入舌頭，有如輕搔般撥動肉褶。

「啊啊♥好棒♥熱熱的舌頭進來了♥」

拉比梅亞扭動身軀。

「啾嚕嚕嚕嚕嚕嚕!!」

諾倫發出聲音吸吮蜜汁。

「啊啊啊♥要去了嗚嗚嗚♥」

拉比梅亞輕易地高潮了。

兔耳伸得筆直，隔了一拍後像是沒了骨頭般軟軟地垂下。

同一時間，拉比梅亞的上半身也突然下沉。

「葛格真是的，好厲害♥不對，是太厲害了♥」

拉比梅亞紅著眼頭，大口喘氣回過頭。

此時琦瑟搖了搖可愛的屁股。

「哥哥……♥」

看那副難受的模樣，就曉得她在期待什麼。

「琦瑟，抱歉讓妳久等了。」

「沒關係的♥我是太太，所以不管多久都忍得住♥」

「好，要上囉！」

這次諾倫將嘴湊向琦瑟的小妹妹。

「啊啊啊嗯♥」

琦瑟發出喜悅叫聲，搖晃吸飽水分的髮梢。

「琦瑟的小妹妹感受著的我舌頭不斷緊縮呢！」

「因為哥哥在欺負那邊，所以它很開心♥」

琦瑟圓滾滾的眼瞳波光流轉。

「而且這裡也勃起了⋯⋯」

諾倫用手指溫柔地觸碰陰核。

「不行嗚嗚嗚嗚」

她激烈地動著狐耳跟尾巴，一邊去了。

充血成熟的裂縫黏稠地流下愛液。

「琦瑟一下子就去了呢。」

「是因為哥哥技術很棒⋯⋯啦♥」

「──欸，葛格♥」

拉比梅亞與琦瑟兩人扭扭捏捏地摩擦大腿。

諾倫露出微笑。

「兩人都想要做愛呢。不過，應該先插誰呢？開玩笑的啦。」

諾倫夾帶笑意如此說道後。

「哥哥♥」

「葛格♥」

琦瑟跟拉比梅亞剛才明明說想要諾倫同時玩弄她們，如今卻是扭著屁股獻媚，

爭先恐後地索求男根。

兩人的臀部都很性感，還有小妹妹也是。

「好，先插琦瑟，接著插拉比梅亞，等著唷──要上了！」

諾倫將腫脹硬物插進琦瑟的祕處。

「啊啊啊啊 ♥ 哥哥──♥」

諾倫握緊琦瑟的屁股刺進深處。

「啊啊啊啊嗯 ♥ 哥哥的小弟弟好硬唷 ♥」

黏稠蜜汁一邊泌出，一邊冒出白泡。

「啊啊啊 ♥ 哥哥──♥」

琦瑟來回甩動狐狸尾巴，一邊扭動身軀。

「好、好舒服啊啊啊 ♥ 被哥哥的小弟弟咕啾咕啾地亂搞就會好幸胡嗚嗚嗚嗚 ♥」

諾倫誇張地蹂躪狹窄的膣內。

「股間好像要被琦瑟的汁液泡到發脹了！」

「哥哥啊啊啊嗯 ♥」

諾倫有如讓蜜桃臀彈跳般前後移動腰部，大屁股的表面有如布丁搖晃般起了波

紋。

拉比梅亞露出羨慕的表情。

「好好唷琦瑟親，可以享受到葛格的小弟弟♥」

「拉比梅亞親，請不要看我」

「妳看我我看妳，彼此彼此囉♥啊，奶頭硬邦邦地勃起了♥」

拉比梅亞吸住琦瑟的乳頭。

「啊啊嗯♥」

「琦瑟親真是的，居然用這麼棒的嗓音淫叫♥」

「拉比梅亞親，真的不行啦……♥」

琦瑟對快感感到滿足，就算再不願意膣壓也變強了。

「因為人家沒辦法跟葛格做愛，所以子宮很寂寞嘛……♥不這樣做的話，人好像都要變奇怪了♥」

拉比梅亞有如在訴說「吻我♥」似的，朝諾倫嘬起脣瓣。

諾倫一邊跟琦瑟做愛，一邊跟拉比梅亞接吻。

舌頭交纏，貪婪地交換唾液。

「哥哥請不要被拉比梅亞親迷住♥」

「我可沒有放開琦瑟唷。」

「腰停下來了♥」

膣壓有如吃醋般變強，陰莖撞擊子宮口。

「噫咿咿咿咿嗯♥」

狐耳啪噠一聲軟掉。

諾倫用超越至今的速度攪拌琦瑟的祕處。

「呼啊啊啊嗯♥噫咿咿♥好猛♥哥哥的小弟弟好厲害♥再多插一些♥讓我變奇

怪♥」

諾倫一邊攪拌琦瑟的柔肉，一邊溫柔地觸摸兩個乳頭。

「哥、哥哥⋯⋯啊啊嗯♥」

一邊溫柔地撫摸乳頭一邊重複抽送後，琦瑟的嬌喘聲融化了。

「哥哥♥」

琦瑟回過頭索吻。

諾倫做出回應堵上脣瓣，舌頭互相交纏。

唾液冒出白泡。

「嗯啾♥舔舔♥要、要融化了♥哥哥，好厲害♥腦袋要變奇怪了♥」

諾倫扭腰的振幅明顯變短了。

拉比梅亞探頭望向諾倫的表情，一邊微笑地說道⋯

「琦瑟親，葛格露出很難受的表情，是非常變態的表情♥」

「我、我知道♥因為小弟弟一抽一抽地微顫♥」

「琦瑟，要出來了⋯⋯！」

雄物用力脹大。

「哥哥，要去了♥」

膣穴的緊縮度變得更強。

「嗚嗚嗚嗚嗚！！」

諾倫被搾取，就這樣朝琦瑟的祕處盡情射精。

嗶嚕嚕嚕！咻嚕嚕嚕！嗶咕！

「熱熱的汁液⋯⋯啊啊啊嗯嗯嗯嗯嗯♥去了♥哥哥黏呼呼的精液好厲害唷嗚嗚嗚

「嗚嗚嗚嗚♥♥」

琦瑟向後仰起上半身，衝上頂點。

嗯嗯嗯嗯⋯⋯有如從喉嚨深處擠出這種聲音似的。

「沒事吧？」

琦瑟全身虛脫癱倒下去，諾倫撐住了她。

「嗯嗯……♥沒素的……♥」

琦瑟用口齒不清的聲音自言自語了一陣子後，突然「啊啊♥」地發出不同於先前的陶醉嬌聲。

「怎麼了，琦瑟？」

「嗯，嗯嗯……♥不要不要，哥哥不可以看啦嗚嗚嗚」

同一時間尿道抽搐，從那邊噗咻咻咻咻咻!!地猛然潮吹。

「潮吹的量好猛唷。」

「哥、哥哥，請嗯要這樣說……♥」

琦瑟在這邊失去意識。

「──葛格♥」

拉比梅亞用淫蕩的溼潤眼神坐到浴室邊緣，大大地張開雙腿。

「接下來換人♥家♥了。」

「久等了，拉比梅亞。」

拉比梅亞讓諾倫擺出仰躺的姿勢後，用讓諾倫看見背部的姿勢坐上陰莖，將它含入體內。

咕啾！咕啾！

「啊啊啊啊啊♥葛格⋯⋯♥」

火熱又軟綿綿的膣肉將雄物吞沒至根部。

「嗯嗯嗯♥葛格,如何♥」

交合處出混濁的蜜音。

被吸附、被拉進深處的快感讓諾倫不得不扭動腰部。

「啊啊啊啊嗯♥」

拉比梅亞向後仰起上半身,軟綿綿地抖動臀肉。

「嗯啊♥好棒♥葛格的小弟弟跟人家的小妹妹好合拍♥還要還要⋯⋯♥」

拉比梅亞的銀髮起著波浪,豐滿胸部上下彈跳晃動著。

(拉比梅亞也太色了!)

諾倫的亢奮感變得更強烈。

「葛格,還要♥再插深一點♥」

拉比梅亞汗珠四射,扭動身軀。

她將雙腿張得更開,將雄物引導至更深處。

(好性感的背影!)

諾倫滋的一聲將子宮口向上頂。

「啊啊啊啊嗯♥」

他激烈地動著腰部蹂躪膣內，膣壓變強。

愛情果汁拉出絲線，膣壓變強。

可以清楚地知道拉比梅亞正一波波地高潮不斷。

「葛格，好棒♥小妹妹好爽唷♥♥」

「用我的小弟弟變得更舒服吧！」

溫泉的氣味瞬間被替換成雌性發情的氣味。

諾倫從背後抱住拉比梅亞，用力握住胸部。

「已、已經很舒服了♥舒服到綽綽有餘了♥去太多要爽死了……♥」

乳肉從陷入的手指縫隙中露出。

「噫咿咿咿咿嗯♥」

諾倫亂揉亂捏實在無法用一手掌握的豐滿胸部，一邊扭動腰部擠壓臀部一邊捏

乳頭。

「噗行♥噗行噗行♥」

拉比梅亞發情，身體核心漸漸變得火熱。

「葛格……♥」

拉比梅亞發出嬌喘，可以知道她想要什麼。

諾倫抓住拉比梅亞的腰部，跟她面對面。

拉比梅亞用雙腿繞住諾倫的腰，再次緊緊貼住

乳房被諾倫的胸膛淫靡地壓扁了。

「吻人家♥」

脣瓣疊合。

諾倫讓舌頭爬上去，一邊交換唾液一邊向上挺腰。

「嗯嗯嗚嗚嗚♥」

為了不被彈飛，拉比梅亞更加深入地糾纏。

「葛格的小弟弟，在人家體內肆虐著嗚嗚……啊啊啊啊嗯♥」

諾倫將臉埋入胸部，貪婪地吸吮著。

「噫咿咿咿咿咿嗯♥」

銀色秀髮纏上淫潤身軀。

「要去了♥葛、葛格♥」

「我也已經！」

「拜、拜託……一、一起去♥」

「出來了嗚嗚嗚嗚嗚！！」

嗶嚕嚕！嗶咕！噗嗶嚕！

在拉比梅亞腹內高潮，精種汁液朝蜜壺爆射黏呼呼的樹液。

精液倒流。

拉比梅亞嗚嗚嗚嗚嗚嗚嗚嗚嗚

「要去了嗚嗚嗚嗚嗚嗚嗚嗚 ♥ ♥」

拉比梅亞發出悅樂叫聲高潮了。

諾倫緩緩拔出陰莖。

「啊啊 ♥」

拉比梅亞渾身倏地一震，趴伏在浴池邊緣。

兔耳軟軟地癱下。

「……好厲害。」

諾倫有如一屁股跌坐下去似的，將肩膀浸入浴池。

「諾倫，非常棒唷」

「哥哥，好幸福喔 ♥」

「嗯嗯……♥ 能跟葛格做愛好幸福 ♥」

三名女性將嬌軀湊向這邊。

諾倫胸口也是滿滿的幸福感。

呵呵——米西雅微笑。

「怎麼了?」

「蜜月旅行好開心呢!」

「是吧?」

(想要一直這樣下去……)

諾倫一邊緊擁三人柔軟又性感的軀體,一邊如此心想。

國家圖書館出版品預行編目資料

我理想中的異世界生活：幸福滿點的獸耳後宮！/ 上
原りょう作；梁恩嘉譯. -- 一版. -- 臺北市：城邦
文化事業股份有限公司尖端出版：英屬蓋曼群島商
家庭傳媒股份有限公司城邦分公司尖端出版發行，
2023.09
面；　公分
譯自：ボクの理想の異世界生活：幸せいっぱいケ
モ耳ハーレム！
ISBN 978-626-356-926-3（平裝）

861.57　　　　　　　　　　　　　　112009998

浮文字

我理想中的異世界生活：幸福滿點的獸耳後宮！
（原名：ボクの理想の異世界生活　幸せいっぱいケモ耳ハーレム！）

著　者／上原りょう
繪　者／イチリ
譯　者／梁恩嘉
國際版權／黃令歡、高子甯
企劃宣傳／陳品萱

執 行 長／陳君平
美術總監／沙雲佩
美術編輯／陳姿學
執行編輯／石書豪
內文排版／謝青秀

榮譽發行人／黃鎮隆
協　理／洪琇菁
總　編　輯／呂尚燁

出　版／城邦文化事業股份有限公司　尖端出版
　　　　　台北市中山區民生東路二段一四一號十樓
　　　　　電話：（○二）二五○○七六○○
　　　　　傳真：（○二）二五○○一九七九
　　　　　E-mail: 7novels@mail2.spp.com.tw

發　行／英屬蓋曼群島商家庭傳媒股份有限公司城邦分公司　尖端出版
　　　　　台北市中山區民生東路二段一四一號十樓
　　　　　電話：（○二）二五○○○八八七（代表號）
　　　　　傳真：（○二）二五○○一九七九

中彰投以北經銷／楨彥有限公司（含宜花東）
　　　　　電話：（○二）八九一九三三六九
　　　　　傳真：（○二）八九一四五五二四

雲嘉以南／智豐圖書有限公司
　　　　　（嘉義公司）電話：（○五）二三三三八五二
　　　　　　　　　　　傳真：（○五）二三三三六三
　　　　　（高雄公司）電話：（○七）三七三○○七九
　　　　　　　　　　　傳真：（○七）三七三○○八七

香港經銷／一代匯集
　　　　　香港九龍旺角塘尾道六十四號龍駒企業大廈十樓B&D室
　　　　　電話：（八五二）二七八三─八一○二
　　　　　傳真：（八五二）二三九六一三二

新馬經銷／城邦（馬新）出版集團 Cite (M) Sdn. Bhd.
　　　　　E-mail: cite@cite.com.my

法律顧問／王子文律師　元禾法律事務所
　　　　　台北市羅斯福路三段三十七號十五樓

二○二三年九月一版一刷

■中文版■

郵購注意事項：
1.填妥劃撥單資料：帳號：50003021戶名：英屬蓋曼群島商家庭傳
媒（股）公司城邦分公司。2.通信欄內註明訂購書名與冊數。3.劃撥金
額低於500元，請加附掛號郵資50元。如劃撥日起 10～14日，仍未
收到書時，請洽劃撥組。劃撥專線TEL：(03)312-4212 ・ FAX：
(03)322-4621。E-mail：marketing@spp.com.tw